シーグリッド・ヌーネス
桑原洋子＝訳

ザ・ルーム・ネクスト・ドア

What Are You Going Through

早川書房

SIGRID NUNEZ

ザ・ルーム・ネクスト・ドア

WHAT ARE YOU GOING THROUGH
by
Sigrid Nunez

Translated by
Yoko Kuwahara
First published 2025 in Japan by
Hayakawa Publishing, Inc.
This book is published in Japan by
arrangement with
The Joy Harris Literary Agency, Inc., New York, U.S.A.
through Tuttle-Mori Agency, Inc., Tokyo.

装幀／鳴田小夜子（KOGUMA OFFICE）
装画／伊藤彰剛

第一部

隣人に与えうるもっとも豊かな愛とは、
彼にこう言ってあげられるということだ。
「あなたはどんな思いをしているの？」
――シモーヌ・ヴェイユ

I

　ある人の講演を聴きに行った。会場は大学のキャンパス。話者は大学教授だけれど、教えているのは別の、遠くの大学だ。作家としてよく知られた男性で、その年、国際的な賞を受賞していた。講演会は無料で大学外部の人も参加できるというのに、会場は半分も埋まっていなかった。わたし自身も、もともと行くつもりはなかった。とある偶然がなかったら、その町にもいなかったはずだ。友人が、ある癌《がん》に特化した病院で治療を受けていて、彼女に会いに来ていたのだ。古くからのとても大切な友人だが、ここ数年会っていない。病状の深刻さを考えると、これで最後になるかもしれなかった。

　二〇一七年九月の第三週のことだ。エアビーで部屋を予約していた。部屋の持ち主であるホストは、夫を亡くした元司書。プロフィール欄を読むかぎり、子が四人、孫が六人いて、趣味は料理と観劇らしい。病院から三キロほどのところにある小さなマンションの最上階に住んでいる。

室内は清潔できちんと片づいていて、かすかにクミンの香りがした。ゲストルームは、くつろげる部屋とはこういうものだとたいていの人が思いそうな内装だった。毛足の長いラグマット、ヘッドボードの前に枕が並ぶベッド、ふかふかの羽毛布団、ドライフラワーの入った陶器のピッチャーが載った小さなテーブル。そしてナイトテーブルにはペーパーバックのミステリが積んである。わたしが絶対にくつろげないタイプの部屋だ。たいていの人が居心地がいい——ゲミュートリヒ、ヒュッゲ（「居心地のいい」という意味のドイツ語とデンマーク語）——と言うものを、息が詰まると感じる人もいる。

猫がいるという触れ込みだったが、いる気配はなかった。あとになって、もう帰るというころに、わたしが予約してからここに来るまでのあいだに、ホストの飼い猫が死んでしまったと知らされた。ホストはこのニュースを素っ気なく告げるとすぐに話題を変えたので、わたしはなにも訊けなかった。実際、そうでなければ質問するつもりだったのだ。ホストの態度のどこかに、訊いてほしいんじゃないかと思わせるようなところがあったから。でも、そこではっとした。ホストがそんなふうに話題を変えたのは、気持ちの問題ではなくて、わたしがあとになってクレームを入れる可能性を心配したせいかもしれない。〝陰気なホストが死んだ猫の話をしすぎてうざい〟。サイトでそんな感じの書き込みをよく見かけるから。

キッチンでコーヒーを飲み、ホストがトレイに載せておいてくれた軽食をつまみながら（そのあいだ、エアビーのホストかくあるべしというように、ホスト自身はできるだけ姿を見せないようにしていた）、ホストがゲストのためにコルクボードに貼りつけた、この町のお出かけスポットの紹介を見ていた。日本の版画展、美術工芸品見本市、カナダの舞踊団の巡業公演、ジャズフェスティバル、カリブ文化フェスティバル、地元競技場の予定表、朗読会。そしてその夜、七時半から、作家の講演会。

写真に写るその作家はとげとげしく見える。いや、「とげとげしい」は表現がとげとげしすぎる。厳格、とでもしておこう。ある年齢を迎えた年配の白人の多くがこんな感じになる。真っ白な髪、かぎ鼻、薄い唇、鋭いまなざし。まるで猛禽《もうきん》だ。とてもじゃないけど、お近づきになりたくない。とてもじゃないけど、〝どうぞ、わたしの話を聴きに来てくださいね。お会いできるのを楽しみにしてますよ！〟なんて言いそうにない。どちらかと言えば、〝いいか、わたしはおまえなんかよりずっと物事をわかっている。おまえはわたしの話を聴くべきだ。もしかしたら、ちょっとは道理がわかるようになるかもしれないからな〟とか言いそうだ。

女性が講演者を紹介する。彼を招いた、この大学の学部長だ。このタイプはよく知っている。イケてる学者、知的なプレイガール。頭脳明晰《めいせき》で高学歴だというのに、フェミニストで権力のある地位についているというのに、野暮ったくもないし、退屈な専門ばかでもないし、かなりご無沙汰の醜いおばあちゃんでもないと周知させるために、大変な労力を使っている。結構年齢がいっているからって、それがなに？　体の線を隠さないスカート、高いヒール、真紅の唇に染めた髪（白髪があると女性の思考力は低下すると思います、と美容室のカラリストが言うのを聞いたことがある）。すべてが主張している。わたしはまだヤレる。あの痩せ体型から考えるに、毎日だいたいの時間を空腹に耐えていると思ってほぼ間違いない。こんな女性たちの頭に悲しくも頻繁によぎるのは、おフランスでは、知識人もセックスシンボルになれるということ。たとえ、そのシンボルにときに面食らわせられることがあっても（たとえば胸元までシャツのボタンを開けたベルナール＝アンリ・レヴィ）。こういう女性たちは少女時代にいじめられた記憶がある。外見でなく頭脳が理由でだ。「男は眼鏡女子にちょっかいを出さない」（アメリカのコメディードラマ『ふたりは友達？ ウィル＆グレイス』内の台詞）というが、本当は眼鏡女子ではなくて賢い女子、本好き女子、数学オタク女子、理系女子のことだ。時代は変わった。いまじゃ、みんな眼鏡が大好き。頭のいい女性に惹かれると得意げに話す男は掃いて捨てるほどいる。ある若い俳優が最近言っていた。ぼくがいちばんセクシーだと思うのは、脳のでかい女性だよ。白状すると、これを聞いたとき、呆れるあまり、勢いよく回しすぎて飛び出た目玉を、頭をくいっと反らして受けとめなくちゃいけないくらいだった。

もちろん、あれは本当の話じゃないと思う。トスカニーニがリハーサル中に癇癪《かんしゃく》を起こしてソプラノ歌手の大きな胸をつかみ、これが脳味噌だったらいいのにと叫んだというあれ。

さっきの台詞に続くのは「男は大きなお尻の女子にちょっかいを出さない」だ。

わたしにはこの男女の数時間後が見える。講演会後に開かれる学部主催の夕食会。この男性ほどの人物ともなれば豪勢な会になるはずで、この界隈きっての高級レストランのどこかで開かれるのだろう。そこでふたりはおそらく隣同士で座る。そしてもちろん、女性はただの世間話ではなく、濃い内容の会話を望んでいる。なんならちょっときわどい話なんかも期待する。ところがそう簡単にはいかない。なにせ彼の注意は末席に座っている、彼の付き添い役を命じられた、大学院の女子学生のほうにばかり向いていたから。大学院生は彼の送り迎えを任されていて、今夜のディナーのあとにホテルまで送るのも仕事のうちだ。そしてワインを一杯だけ飲んだあと、彼から頻繁に浴びせられる視線に、時間を追うごとに大胆に応えるようになっている。

本当の話なのかもしれない。ググってみた。いくつかの記事によれば、トスカニーニはソプラノ歌手の胸をつかんだわけではなく、ただ指で指し示しただけだったらしいけれど。

恒例の、講演者の業績紹介がされるあいだ、男は目線を下げ、慎み深さを表すために居心地悪そうにしかめ面をしてみせるけれど、たぶん、誰も騙されない。

教科書で勉強したことでなく、講義からどれほど吸収できたかが成績にもっと反映されていたら、わたしは落第して退学になっていたと思う。なにかを読んでいたり、会話中に相手の話を聞いていたりするときに集中が切れることはあまりないが、どんな形であれ講演の類には、いつも苦労した（いちばん苦手なのが、作家の自作朗読）。講演者が話を始めたとたん、心がさまよいはじめてしまうのだ。それに、この夜にかぎって言えば、いつも以上に注意力が散漫だった。午後じゅう、病院で友人に付き添っていたからだ。彼女が苦しむのを見ていたせいで、そしてその状態を見てうろたえている自分を隠していることを彼女に勘づかれないよう耐えつづけたせいで、疲れきっていた。病と向き合うこと。わたしはこれをうまくできたためしがない。

だから、わたしの心はふらふらしていた。講演の始まりからすでにそうだった。話の流れに何度もついていけなくなった。でもまあ、それはどうでもいい。その男性の話は彼が雑誌のために書いた長い記事を元にしていて、わたしは記事が出たときに読んでいた。わたしも読んだし、わたしの知り合いもみんな読んでいた。入院中の友人も読んでいた。おそらく、聴衆のほとんども読んだと思う。ふと思った。なかには、質問したいから、質疑応答であの男性がなにを言うのかを聞きたいからという理由でここに来ている人もいるかもしれない。話の内容は記事で読んで知っているので。ところがこの男性は、質問を受けつけないという珍しい決定をしていた。今夜は質疑応答はなし。でも、話が終わるまで、聴衆にはそう知らされなかった。

もうすべて終わりなのです、と男性は言った。そして、別の作家の一節を引用する。フランス語から訳したものだ。人の前には森林があり、人のあとには砂漠が残る（フランスの作家シャトーブリアンの言葉）。破滅を先んじて食い止めるために必要なことがなんであれ、それがどんな行動であれ、どんな犠牲であれ、われわれ人間にはそれをなそうという意志がないのは明らかです。集団としての意志がないのです。地球外知的生命体からすれば、われわれは死の願望に取りつかれているように見えるでしょう。

もう終わりなのです、と男性はまた言った。何世代も何世代もわれわれを支えてきた信仰も慰めも、いまはもうありません。つまり、個人個人の地球での時間はそれぞれ終わりを迎えねばならなくとも、われわれの愛するものやわれわれにとって意味のあるものはこの先も続くだろうという確信、自分たちがその一部であった世界は残るだろうという確信が持てた時代は終わってしまったのです、と彼は言う。われわれの世界と文明は存続しません、と彼は言う。われわれはこの新たな気づきとともに生き、そして死ななければならないのです。

われわれの世界と文明がこの先、存続しないのは、われわれ自身がそうできなくするたくさんの要因を作ってしまったからです。自身の最悪の敵であるわれわれは、自分たちを無防備なカモにした上で、全員を何回も殺せるほどの殺傷能力のある武器が作られることだけでなく、それを病的なほどの自己中、ニヒリスト、共感力も良心も欠如した者たちの手に渡すことを許してしまいました。大量破壊兵器の拡散を制御できなかったことと、大量破壊兵器の使用を考えられるというだけでなく、おそらくそれを抗《あらが》いがたい誘惑だとさえ感じてしまう人たちを権力から遠ざけておくことができなかったために、終末戦争が勃発する可能性はますます高まっているのです……。

われわれがいなくなったあと、と男性は続ける。高貴で知的な猿たちが取って代わることはありません。人類が滅びたら、この惑星に可能性が生まれるかもしれないと想像すれば、多少は心が休まるかもしれませんがね。悲しいかな、動物王国は死すべき運命を負っているのです、と男性は言う。彼らのせいではまるでないのに、猿もその他の生き物も、われわれとともに絶滅するのです。われわれがすでに絶滅に追い込んでいない生き物は、ということですが。

しかし、万一、核の脅威がなかったとしたら、と男性は言う。たとえば、なにか奇跡が起こり、世界じゅうの核兵器が一晩のうちに粉砕されていたら。そうなったとしたら、はたしてわれわれは、この愚かさ、先を見通す力の欠如、そして自己欺瞞《ぎまん》を許容してきたことによって、人間が何世代にもわたって作ってきた危難に直面していないと言えるでしょうか……。

化石燃料産業資本家たちは、と男性は言う。彼らはどのくらいいるんでしょうか？　いや、われわれはどのくらいいるんでしょうか？　信じがたいことですが、われわれ自由な人間、民主主義下の市民は、彼らを止められず、彼らと、気候変動をせっせと否定しつづけて政治的に彼らを支援してきた人たちに対抗できませんでした。しかもあろうことか、まさにその人たちがすでに何十億ドルもの利益を得て、史上最大の富豪になっているのです。ですが、世界一強力な国家があちら側についたら、つまり、否定側の最前線でふんぞり返っていたら、この惑星地球にはもはやなんの希望もありません。地球規模の生態系破壊による食糧不足や飲料水不足のために難民となった大勢の人が、死に物狂いで行き着いた場所で、思いやりをかけられると考えるのはあまりにも無理があります、と男性は言う。それどころか、われわれは人間が人間に対して、これまでに類をみない非人間的な仕打ちをするのを、目撃することになるでしょう。

男性は有能な話し手だった。目の前にある演台にｉＰａｄを置いていて、時折、視線を下げて見やるのだが、原稿をそのまま読むのではなく、すべて暗記しているかのように話した。そういう意味では、役者のようだった。うまい役者。とてもうまかった。ためらったり言葉に詰まったりすることは一度もないのに、練習してきたという感じはしない。才能だ。話し方は堂々としていて、なにより説得力があり、自分の言うことすべてを確信しているのがわかる。この講演の元となっているわたしが読んだ記事と同じで、彼は自分の主張の正当性を数々の参考文献を引用して裏づけていた。ところがその一方で、自分の話に説得力があるかどうかなど気にしていなそうな気配がある。これは意見がどうという話ではなく、反駁《はんばく》不可能な事実だ。わたしの話をあなたが信じるかどうかなど、たいしたことではない、とでも言うように。そうだとしたら、おかしいじゃないかとわたしは思った。本当に、とにかくおかしい。それなら、この人はそもそもどうしてこの講演をしているの？　目の前にいる人間を相手に話すのだから、彼の話を聴きにわざわざやってきた人たちに向けて話すのだから、雑誌記事とは違うトーンで話すのだろうと思っていた。今回は楽天的とはいかないまでも、大災難の予言ではないもの、すくなくともなにかしら前向きな可能性、ほんのかけらでもいいから希望のようなものがあるだろうと思っていた。そうでなければ、どうしてわたしたちにわざわざ話をするのだろう？　会場にいたほかの人たちも、絶対に同じことを考えていただろうと思う。

サイバーテロ。バイオテロ。また別の流感の大パンデミックも避けられないし、同じくらい避けられないのは、われわれがそれに対して備えられないということです。無節操に抗生物質を摂取したせいで生まれる、死に至る不治の感染症。世界で増加の一途《いっと》をたどる極右政権。プロパガンダと欺瞞が、政治戦略と政策の基盤になることの常態化。世界じゅうに広がるジハード主義を打破できないこと。命と自由に対する、そして文明という名に値するすべてのものに対する脅威が迫っています、と男性は言う。一方で、それに対抗する手段は尽きている……。

そして一握りのテクノロジー企業に、膨大な権力を集中させていることが、人類の未来にとって最高の利益になるなど、どうして信じられるでしょう？　その企業による支配とその企業の得る利潤のほとんどをもたらす大量監視システムについても言うまでもないことですが。こうした企業の作ったツールが、いまに、考えうるもっとも無慈悲な結果をもっとも効果的に導く手段とはならないと、心から信じられる人などいるでしょうか？　それでも、われわれはテクノロジーの神と達人たちの前に無力なのです。あれはいい質問でした、と男性は言う。つまり、シリコンバレーでは、この先、すべて終わりになるまでに、さらにいくつのオピオイド（麻薬性の鎮痛剤の総称）を作りだすのでしょうか、というあれです。システムによって、個人がどこまでも追跡され、檻《おり》のなかの動物のように、絶え間なく怒声を浴びせられ、棒でつつかれるのはいやだと声を上げる選択肢さえもはやなくなってしまったら、どんな生活になるのでしょう。繰り返しますが、自由を愛するはずの人々が、こんなことになるのをどうして許してしまったのでしょうか？　監視資本主義という考えそのものに、人々はなぜ怒りの声を上げなかったのでしょうか？　大手テクノロジー企業に恐れをなして正気を失ったのでしょうか？　いつの日か、われわれの破滅について調べた宇宙人は、研究結果をこのように締めくくるでしょう。彼らにとって自由は手に負えないものだった。奴隷であったほうがましな結果になっただろう。

　その男性が話す声を聴き、その姿を見るのではなく、彼が書いた言葉を読んだだけの人は、その晩の実際の彼とはおそらくかなり違う様子を想像したはずだ。その言葉、それが意味すること、恐ろしいファクトの数々から想像されるのは、むきだしの感情だろう。いま聞いているような穏やかなリズムを刻む文章ではない。この無表情な仮面ではない。感情がちらりと見えたのは一度きり。動物について話しているとき、かすかに喉がつかえたのだ。人間に対してはなんの憐《あわれ》みもないらしい。話しながら、折に触れて演台の向こうを見やり、その猛禽のように鋭い目つきで聴衆を見渡す。あとになって、彼がなぜ質問を受けつけなかったのかわかったような気がした。質疑応答で、浅はかな意見を述べる人や、話者がたったいま話したことを聴いていなかったとわかってしまうような、講演とは無関係な質問をする人がひとりもいなかったことがあるだろうか？この話者が、この話のあとにそんなのに対応させられるのは、とても耐えられないだろうと理解できる。もしかしたら、自分が癇癪を起こしてしまうことが不安だったのかもしれない。なぜなら、もちろん、そこにそれはあるからだ。クールで制御のきいた仮面の下に、それがあるのがわかる。つまり、火山のように激しい感情が、奥底にあるのだ。もし彼が表に出すのをよしとしてしまえば、その感情は頭のてっぺんから噴き出て、わたしたちみんなを燃やして灰にしてしまうだろう。

聴衆のふるまいにも、どこか妙な、奇怪と言ってもいいところがあるとわたしは思った。あんな陰鬱な未来図を見せられ、彼らの子どもにはさらに陰鬱な未来が待ちうけていると言われているのに、あまりにも従順に受け入れている。講演者が語る未来では、おぞましくも自然の摂理に反し、まずは若者が老人を羨み――この段階にはすでに入っていると彼は言う――、のちに生ける者が死者を羨むようになるというのに、聴衆は穏やかに礼儀正しくじっと聴いている。

こんなものを聴いて拍手などするわけがない。ところがわたしたちはその拍手というものをしてしまった。拍手をしないほうがもっと変な気がしただろうと思う。いや、ちょっと話が先走ってしまった。

拍手の前、講演が終わる前、その男性はなめらかな水面にさざ波を立てるようなことをした。聴衆に小さなささやきが広がり（講演者はそんなものは無視したけれど）、自分の席でもぞもぞ身動きしはじめる人もいた。わたしは二、三人が頭《かぶり》を振ったのに気づいた。後ろのほうの列から、女性の神経質そうな笑い声が聞こえた。

もう終わりなのです、と男性は言った。もう手遅れです。躊躇《ちゅうちょ》している時間が長すぎました。われわれの社会はすでに崩壊して機能不全に陥っていて、われわれの犯した悲惨な過ちを修復することは、もはやできないのです。それに、どうせみんなずっと気にしてなどいられません。季節ごとに異常気象が起ころうと、世界じゅうで百万種の動物が絶滅の危機にあろうと、環境破壊はこの国における懸念すべき重要事項リストのトップにはなりません。それに、創造性に満ちた、最高学歴を持つ学生たちのなかから、創意に富む解決策を生み出す人の輩出が期待できるはずなのに、実際の彼らはパーソナルセラピーやえせ宗教にはまって世の中に無関心になり、いまこの瞬間にしか目が向かなくなり、周囲の現状をあるがままに受け入れて、世事に追われるうちに静かに諦めてしまう。この世は影でしかない。それは残骸、無だ。この世界は現実ではない、この幻覚を現実の世界と間違えてはいけない。セルフケア、日々の不安の軽減、ストレスを避けること。こうしたことが、われわれの社会における最高のゴールになってしまった。それはどうやら社会そのものを救済するよりも、崇高なゴールらしい。マインドフルネスブームはただの気休めのひとつにすぎません、と彼は言う。もちろん、われわれはストレスを感じるべきです。不安のせいで消耗するべきなのです。マインドフルな瞑想《めいそう》は、溺れる自分を穏やかに受け入れるのには役立つかもしれません。ですが、タイタニック号を救うのにはなんの役にも立ちません。心の平和を得るための個人の努力も、他人への思いやりのある態度も、時間切れになる前の防止策にはならなかったでしょう。そんなものがあるとすれば、それはみんないっせいに、異常なほど狂信的に、迫りくる運命への恐怖にとらわれることだったのです。

　待ちうける膨大な苦難を否定しても無駄です、と男性は言う。あるいは、そこから逃れるすべがないことも否定できません。

　それなら、われわれはどう生きるべきなのでしょう。

　われわれが自らに問いはじめるべきなのは、この先、子どもを作りつづけるべきか否かということです。

（ここで、わたしがさっき言った聴衆の困惑が出てくる。ぼそぼそ話したり、身じろぎしたりする人たち。女性の神経質そうな笑い声。なにしろ、この部分は誰も知らない話だった。子どもについては雑誌記事には書かれていなかったのだ）

言っておきますが、妊娠中の女性がみんな中絶を考えるべきだというわけではないんですよ、と男性は言う。そりゃそうでしょうとも。彼が言いたいのは、何世代にもわたって当然とされてきたような家族計画について、考え直す必要があるということだ。その子どもたちが生きているあいだに、地球がまったく住めなくなるわけではないにせよ、荒涼たる恐ろしい場所になる可能性がこれほど高いというのに、この世界に誕生させるのは、もしかしたら間違ったことではないかということだ。そんな可能性はあまりない、あるいはぜんぜんないというふりをして突き進むのはわがままなことではないか、もしかしたら、不道徳で冷酷なことではないかと問いかけていたのだ。

それに、結局のところ、と男性は言う。この世界では、すでに数えきれないほどの子どもたちが、すでに存在する脅威からの救済を必死で求めているではありませんか。何百万という人々が、ありとあらゆる人道的危機に直面しているのに、その事実をほかの何百万という人たちは、ばっさり切り捨てて忘れることを選んでいるではありませんか。なぜわれわれは、われわれのなかにすでにあふれんばかりに存在する苦しみに目を向けることができないのでしょう。

そしていまが、おそらく汚名を返上できる最後のチャンスです、と男性は声のトーンを上げる。終わりに直面している文明にとって、唯一の道徳的で意味のある道筋。許しを求めるやり方を学び、われわれの家族である人間に、仲間である生き物に、そして美しい地球に、われわれが与えてきた破滅的な害に対して、わずかでもあがないをすること。力を尽くして互いを愛し、許し合うこと。そして別れの告げ方を学ぶこと。

男性は演台からｉＰａｄを取って足早に舞台裏に去っていった。拍手のぱらぱらという鳴り具合から、聴衆の戸惑いがわかる。これで終わりか？　あの人もどってくるの？　ところが、壇上にもどってきたのは男性を聴衆に紹介した女性で、足をお運びくださりありがとうございます、どうぞ素敵な夜をと言った。

それからわたしたちは立ち上がり、講堂からぞろぞろ出て、きりりとした夜気のなかに流れた。それまでのところ観測記録史上もっとも暑い年のひとつにもかかわらず、その瞬間は、地球上のその場所のその時季としては、ちょうどふさわしい気候だった。

飲まなきゃやってられないよ、と近くで声がした。わたしも！　と答えたくなる。出ていく群衆にはどんよりとした陰鬱な雰囲気が漂っていた。呆然《ぼうぜん》とした様子で黙っている人もいる。質疑応答がなかったと話している人もいる。あれは横柄だよな、という声。きっと席が埋まってなかったからむっとしてたんだよ。

こんな声もする。退屈で死にそうだった。

それに応える声。聴きに来るって言いだしたのは、あなたでしょう、わたしじゃなくて。

年配の集団の中心にいる年配の男性がみんなを笑わせていた。イッツ・オーヴァー、イッツ・オーヴァー、イッツ・オーーーーヴァー（もう終わりなのです、もう終わりなのです、もう終わりなのでーす）。わたしはロイ・オービソン（シンガーソングライター。「イッツ・オーヴァー」という曲がある）が来ているのかと思った。

こんな声もする。芝居がかってたよね……いいかげんな話だよ。
こんなのも。言ってたこと、ぜんぶ正しいよ。一語一句。
それからこんなのも（怒りながら）。結局なにが言いたかったんだか、教えてもらいたいんだけど。

わたしは足を速めてその群衆から抜け出したが、あの講堂で見かけた気がする男性がひとり、ぴたりとついてくる。ダークスーツを着てランニングシューズを履き、野球帽をかぶっている。連れはいないようで、歩きながら口笛を吹いている。それがなんと「わたしのお気に入り《マイ・フェイバリット・シングス》」。

飲まなきゃやってられない。正直な話、誰かがそう言う前から、同じことを考えていた。あの部屋にもどる前に、眠る前に、一杯飲みたい。キャンパスからは歩いて帰ると決めていた。行きも歩いてきていて（一・五キロくらいだし）、通り沿いにいくつかお酒――とりわけ欲しかったのはワイン――が飲めそうな店があるのを知っていた。でもその町には不慣れだし、ひとりで飲むのに居心地のいい店がもしあるとして、それがどこなのか、よくわからなかった。

のぞいた店はどこも混んでいるか騒々しいか、なにかしらの理由で入りにくい感じがするかだった。孤独感と落胆が押し寄せる。こういう気持ちになることはよくある。知り合いの女性は自分用のスキットルを持ち歩くようになったという。諦めかけたとき、ホストのマンションがある通りの角に、カフェがあったことを思い出した。行きに通ったときは客はひとりもいなかったし、そこならワインを出すこともわかっていた。

いまはもちろん、客はいた。テーブル席は埋まっているけれど、カウンターなら座れる場所があるのが、通りからでも見えた。

店に入って座ってからすこしのあいだ、どぎまぎした。バーテンダーに無視されたからだ。バーテンダーは凝った模様のタトゥーを入れていて、話の種にしたくなるような髭を生やしているタイプの若い男。わたしが入店したとき、接客中でもなかったのに。わたしはスマホという頼れる相棒を取りだして、しばらくいじっていた。

レインドロップス・オン・ロージズ・アンド・ウィスカーズ・オブ・キトゥンズ（バラの雫《しずく》に子猫の髭）（「わたしのお気に入り」の歌詞の冒頭）。

ようやくバーテンダーがゆっくり近づいてきて（ということは、わたしは透明人間になったわけではなかったのだ）、注文を取った。ようやくお酒にありつけた。赤ワイン。わたしのお気に入りのひとつだ。ワインが一杯あれば、考えなくてはいけないことが山盛りの、長くて大変な一日の終わりに頭のなかを整理するのが楽になるはずだ。ところがすぐに気がそれた。真後ろのテーブルの会話が気になってしまったのだ。ふたりの人がいるけれど、振り返らないかぎり、わたしには見えない。わたしは振り返らなかった。それでもすぐに、話のだいたいの流れをつかんだ。

父と娘。母親は亡くなっている。長い闘病の末、一年前に亡くなった。ユダヤ人の親子だ。ようやく喪が明けて、娘はその儀式のためにどこかからこの町にやってきていた。父親は低い声でもごもご話している。娘のほうは話すうちにどんどん大きな声になっていく。というのもバーテンダーがどういうわけか、かけている音楽のボリュームをどんどん大きくしていたからでもあるのだが、とにかく、娘はもはや叫ぶように話していた。

母さんはすごく大変だったんだ。

わかってるよ、父さん。

辛い思いをしてたんだ。

わかってるよ。あたしはそこにいたんだから。

でも母さんは勇敢だった。あんなに勇敢には普通なれないよ。

わかってるよ、父さん。あたしはそこにいたんだから。ずっとそこにいたんだから。ほんとのこと言うとね、そのことについて話したいと思ってたの。あのときのこと、憶《おぼ》えてるよね、父さん。実際にいろいろしてたのは、ぜんぶあたしだったんだよ。父さんは母さんのことすごく心配してて、母さんは父さんのことすごく心配してた。父さんと母さんどちらにとっても、大変だったっていうのはわかってるよ。

おまえの母さんがすごく大変だったことを、憶えているよ。

あたし、このことについて話せたらいいなって思ってたんだよ、父さん。あのころ、あたしはすごくたくさん辛い思いをしてたんだ。ほんとにわかってる人はいないけど。父さんと母さんは互いを支え合ってて、あたしはふたりを支えてた。でも、あたしを支えてくれる人はいなかった。あたしに必要なことはぜんぶ脇に追いやるしかないって感じで、そのことに、あたしたち、ちゃんと向き合ってこなかった。セラピストの話だと、あたしが問題をたくさん抱えているのはそのせいなんだって。

（聞き取れない）

わかってるよ、父さん。でも、言いたいのはね、あたしも大変だったんだってこと。で、いまも大変なの。そのことを知ってもらいたいの。ずっとずっと、いまでも続いてる。あたしの生活を毎日脅《おびや》かしてる。セラピストに、ちゃんと向き合わなくちゃいけないって言われたの。

いい式だったな。おまえは式についてはどう思った？

マンションにもどると、ホストがキッチンのテーブルで紅茶の入ったマグカップを前にしていた。

あなたをお見かけしましたよ、とホストが言うので、わたしは面食らった。

講演会で、とホスト。あそこで見かけたんです。

ああ、とわたし。気づきませんでした。

あなたの席は後ろのほうでしたね、とホストは言う。でもわたしはずっと前のほうでした。友だちといっしょだったんですけど、彼女はいつも話者の近くにいるのが好きなんです。帰りがけにあなたをお見かけしたんです。食事をしにどこかに寄られたんですか？

はい、と嘘をついた自分が滑稽だった。お酒が飲みたくて寄り道したと言うのが恥ずかしくて嘘をついたのだろうか？　実はその日、病院を出てからなにも食べられていなかった。病院で見たり、においを嗅いだりしたもののせいで。

　お茶を淹れましょうと言われたが、わたしは断った。

　あなたがどう思われたかわかりませんがね、とホストが言う。わたしはあの人のことはまったく好きになれませんでしたよ。話を聴きに行こうと誘ったのは、友だちのほうだったんです。熱心なファンなんですよ。正直に言いますとね、あの人の目の前に座っていたんじゃなければ、わたしは席を立って出ていったかもしれません。というかね、あの人がものすごいインテリとかそういうので、重要なことを話したってのもわかるんですよ。でも、あの口調ですよ。あの口調がとにかく癇《かん》に障ったんです。それに、物事がどれほどひどいことになってるかって話が間違いだと言ってるわけじゃないんです。わたしだって孫の将来を思って震えましたからね、ほんとに。でも、あんなふうに、希望なんてまるでないって感じで話すのは、よくわからないけれど、とにかく間違っているように思えるんです。いきなりみんなに、希望はないなんて言っちゃいけないんですよ！　それに、話の辻褄《つじつま》があわないし。聴いてる人たちから希望を取り上げといて、その人たちが——ええと、なんて言ってましたっけ？——互いに愛し合い、面倒を見合う？　そんなことを望むなんて、おかしいですよ。そんなの起こりっこない。

　それはもっともな指摘です、とわたしは賛同した。

　それに、想像できますか？　とホストは言う。みんなが人生に心底絶望して、子どもを持つのをやめてしまうなんてこと。ディストピア小説みたいな話じゃないですか。なんなら、わたし、なんかの本で読んだ記憶がありますよ。もしかしたら、国家が妊娠することを罪にした話だったかもしれません。忘れましたけど。いずれにせよ、あの人が本気で話していたとは思えないんです。子どもを持つのをやめろとみんなに言うなんてね。いったい何者なんでしょう？

わたしの元恋人。でも、そうは言わなかった。

それに、お気づきでした？　とホストは続ける。大学のキャンパスで開かれた講演会なのに、若い人なんてほとんどいませんでしたよ。

わたしは気づいていた。

実際、若い人向きの話じゃないんでしょうね、とホストは言う。

まあ、夜の過ごし方として興味深くなかったとは言えませんけどね、と彼女は言う。あなたはどう思われました？

興味深い夜の過ごし方でした、とわたしは賛同した。

本当にお茶はいりません？　ほかには？　ワインはどうです？

いいえ、結構です、ありがとうございます、とわたしは答える。

部屋に入る前、ふと思いついて、講演会の帰りに「わたしのお気に入り」を口笛で吹いていた男のことをホストに話した。

ああ、あれは面白かったですね、とホストは答えた。ホストは警笛を鳴らすように鋭く笑った。あのいやに感傷的な歌は好きじゃありませんけどね、歌詞はぜんぶ知ってますよ。

そういうわけで、その日は妙な瞬間が幾度もあったというのに、わたしはまた、知らない人の家のキッチンに立ち、知らない女性が「わたしのお気に入り」を一曲丸々歌うのを聴かされるはめになった。

ベッドに入って電気を消そうというときになって、ナイトテーブルに積んであるミステリのいちばん上の本を取った。〝七〇年代ニューヨークの暗黒裏社会を舞台に繰り広げられる、ハイスミスとシムノンの流れを継ぐサイコスリラー〟

ひとりの男が妻を殺す計画を立てている。男は妻と結婚してから日が浅く、出会ったころの短い期間、性的に惹かれていたことをのぞけば、妻を本気で好きだったこともなかった。妻は意地が悪くわがままで、夫を軽蔑していることを隠しもしなかったので、男が妻を憎むようになったのも無理はない。この男の奥底には常に女性全般への憎悪があるのだが、それは幼いころに、母親が彼を叩くのを楽しんでいたせいもある。頻繁に通っている町の売春婦から法律の認める結婚相手である妻まで、どの女性とセックスしても、必ず強い恥辱を味わうことになった。始まりは子どものころで、相手は母親だったのだが、男はしばしば、ある特定の女性を殺すことを想像してきた。心のなかでは、こういう女たちを「候補者」と呼んでいた。つまり絞殺の、ということだ。

男は妻を二度目のハネムーンに連れていくことを計画する。場所は最初のハネムーンと同じカリブのリゾート。そのリゾートホテルを犯行現場に選んだのは、部屋のバルコニーから強盗に押し入られたと装うのが、とても楽そうだと思ったからだ。「強盗」は男の妻がひとりきりでいるのを見つけ、絞殺してしまうのだ。男は几帳面《きちょうめん》に細々とした計画を立ててから、数カ月後となる出発の日をじっと待った。ところがそのあいだ、妻の行動に、彼にはどう考えていいかよくわからない、ある種の変化が起きたことに気づく。男は妻がなにかを隠していると確信する。彼の計画を覆してしまうかもしれないなにか。結局、妻の秘密は妊娠していたことだとわかるのだが、男は同時に、妻が中絶をしたばかりだと知る。妻はカトリック教徒のはしくれとして、地獄に堕《お》ちるのではないかという恐怖につきまとわれはじめる。

男は自分の運のよさが信じられなかった。わざわざアルバくんだりまで行く必要などないのだ。強盗が押し入った跡を作る必要もない。なにより、待つ必要がない。妻はたったいま、いかにも真実味のある自殺の理由をくれたのだ。しかも、妻が親友に、キリスト教的には自分は殺人の罪を負ってしまったのだと泣きながら話しているのをこっそり聞きさえした。そういうわけで、男は新しい計画を詳細に練りはじめた。

ところが、殺人が実行される前に、妻はまた別のサプライズを出してきた。男にとってその存在さえ思いもよらない恋人と駆け落ちしたのだ。これを知って、男は怒れる獣と化した。そのまま売春婦の家に車で行き、彼女を絞殺した。それからたまたま隣の部屋でテレビを見ていた売春婦のヒモも絞殺した。あとになって、男は思った。売春婦を殺したことで、ずっと欲《ほっ》していた強い恍惚《こうこつ》感と解放感を得られはしたが、自分を誇らしく思えたのは、もうひとりの男を殺したことだ、と。もっとあとになって、売春婦を殺したことについての自分の気持ちを整理した。彼女に悪いところはなにもない。死ぬべきだとは思わなかった。それでも彼女に対して悪いとも思わなかった。彼女は売春婦で、売春婦はいつだって殺されるものなのだ。売春婦の存在理由のひとつはそれだ。

そこで第一部が終わる。

パトリシア・ハイスミスは犯罪者というものが好きだと認めたことがある。この種の人間は極めて興味深く、その生命力、精神的自由、誰を相手にしても屈することをよしとしない様は、感嘆にさえ値すると思ったという。ところが、たいていの犯罪小説の犯人はそんな感じではない。ことに殺人犯、とりわけ連続殺人犯はそんなふうには描かれない。この小説の犯人も暴力的なサイコパスという、おなじみの一次元的キャラクターだ。残忍でサディスティックで、良心も共感力も持ち合わせていない。いくらかでも共感できる要素があるとすれば、それは彼が自己改善に憧れていることだ。まだ二十代だが、自分が人生のなかでなにかとても大事なことをしそこねてきたという思いに取りつかれていて、それが芸術を理解し味わうことではないかと考えている。

小説の冒頭は美しい夏の夕暮れどきで、男はリンカーン・センターの、できたばかりでピカピカの施設のそばをひとりぶらついている。広場の中央にある噴水にできるいくつもの虹を眺め、様々な公演を観るためにそれぞれの場所に流れていく人の波に善望のまなざしを向けていた。男はそういうことをしたことがなかっただけでなく、そういうことをする自分を想像もできない。野蛮な犯罪を計画しながらも、「より文化的」になることを夢見てもいる。のちに、同じ憧れに突き動かされ、コロンビア大学の授業に忍びこむ。より多くの文化に触れ、分厚い本を読み、音楽や美術について学ぶ。妻殺しという仕事が片づいたら、自分の時間をもっとそういうものに使いたいと思っている。こんな面を知っても、わたしはこの殺人犯に好感は持てなかった。でも、同情はした。たぶん、男の犯した罪の数々と同じくらいに、この美点が彼を破滅へ向かわせる役割を担うんじゃないかという予感がした。

でも、この先どうなるのかがわからなくても、まったく問題ない。三十ページほど読んで第一部が終わったところで、物語をそのままにほったらかしにしても気にならない。この殺人事件がどう解決するのか、とくに知りたくもない。わたしは、ミステリの結末に興味があったためしがないのだ。実際のところ、何ページも何ページも紆余曲折《うよきょくせつ》のストーリーが展開したあとの結末には、たいてい肩透かしを食らってしまう。悪人が捕まって最終的に裁きを受けるか、破滅させられるかというのは、話の筋でいちばんどうでもいい部分であることが常だ。

本を一冊だけ持っている老人介護施設の住人の話が好きだ。たったひとつのフーダニットを、彼女は繰り返し繰り返し、新しい物語のように読むことができる。読み終えたときには、その前の内容をすっかり忘れてしまっているので、また読みはじめると、それがどう終わるのかを忘れているのだ。

ホストは耳が遠い。音を立てないようにしていたわけではないわたしが居間に入ってくるのに気づかなかった。翌朝のことで、わたしは出発しようとしていた。ホストにありがとうとさようならを言いに来たのだ。ホストは窓際に立って外を見ていたので、わたしの姿を見なかった。話しかけると、彼女ははっと息をのみ、胸に手を当ててくるりと振り返った。

ある年齢を過ぎた女性のなかには、顔に、どこか赤ちゃんっぽいところがもどってくる人がいる。肉がつくと同時にたるんできて、幼児のころどんな様子だったかうかがい知れるようになるのだ。そのときのホストがまさにそんなふうに見えた。おびえた幼児。彼女が泣いていたという事実が、この印象にどれほど影響を与えたのか、なんとも言えないけれど。

もちろん大丈夫ですよ、とホストは言って笑ってみせた。なんでもありません。ただ、ほら。ただ、考え事をしていたんです。

昨晩、きみが聴衆のなかにいるのを見て（と彼はメッセージを送ってきた）、どれほど驚いたかわかるかい？　引っ越したの？　さっぱりわからない。もし話をしたいと思っていたのなら、あとでぼくを探してくれたと思う。ぼくに見つけてほしいと思っていたなら、あんなに後ろのほうの席を選びはしなかっただろうね。それでも、ぼくはきみを見つけたことを知らせたかったし、来てくれてありがとうと言いたかった。夕食後にきみに連絡してみようかとも思ったけれど、時間が遅くなってしまったんだ。きみがすごく早起きしてくれる気があれば、帰る前にぼくのホテルでいっしょに朝食でもと思った。でも、ふと、ぼくと朝食と考えただけで、きみはぞっとするのかもしれないと思いついた。まあ、どうせ手遅れだけどね。もう空港にいるんだ。改めて、来てくれてありがとう。ぼくにとっては意味のあることだった。あの壇上にいるとき、きみが聴いていてくれると思っていられたことがね。きみが元気で万事順調なこと、それから、こんなメッセージを送って、気を悪くしていないことを祈っています。きみに辛い思いをさせるのではないかと心配だったけれど、それでもこうするのが正しいことのように思えたんだ。とはいえ、当然だけど、返信しなくてはなんて思わなくていいよ。

辛い思いをしたのは、彼がすごく老けたのを見たせいだ。もともとハンサムだったというわけではない。それでもやはり。自分が老いていくのを見るより辛い唯一のことは、自分が愛した人たちが老いていくのを見ることだ。


ただ考え事をしていたんです、とホストは言った。

フローベールは言った。考えるとは苦しむことだ。

これは、アリストテレスが、知覚するとは苦しむことだと言ったのと同じことだろうか？

常に観客をできるだけ苦しめなさい。アルフレッド・ヒッチコック。

シチューも苦しむ。シルベスター・キャット（アニメ『ルーニー・テューンズ』に登場するシルベスター・キャットの口癖がSufferin' succotash。サコタッシュは豆とトウモロコシを煮た料理）。

Ⅱ

友人が受けていた癌治療は、まだ試験段階のものもあったのだが、慎重な医師たちの想定を上回る成功を収めた。

友人は生きつづける。

というか、彼女が言うように、すぐには死なない。

実際に友人が言ったのは、〝わたしはまだ、パーティを去らなくていい〟だったけれど。

いまや友人は幸福感と憂鬱を行ったり来たりしていた。幸福感の理由は言うまでもないが、憂鬱の理由は自分でもよくわからないという。ただ、憂鬱を感じるだろうと前もって警告されてはいた。

いかにもばかばかしいけど、と友人は言った。もう終わるんだとずっと考えてきて、そのために心構えをしようとしていたあとだと、生きつづけることが、なんだか尻すぼみな感じがしてしまう。

　実際、診断を聞かされたあとに友人が最初に思ったのは、もう治療は受けないということだった。このタイプの癌の、このステージの生存率（担当の腫瘍専門医は明言しないだろうが、友人の調べたところだと五十パーセント）がわかると、友人は自分の今後を予測した。辛い治療が長期間続き、体はどんどん弱っていく。具合が悪くて、まともに生きていると言えるようなことはなにひとつできなくなり、結局、かなりの確率で死ぬことになる。そういうのをたくさん見てきたんだから、と友人は言う。わたしも見てきた。誰だって見てきた。それでも、わたしたちは諦めないでと励まし、病気と闘うためにできることはなんでもやるべきだとしつこく迫った。五十パーセント。最悪の確率ってわけじゃないよね。

　そして最終的には、友人を説得するのはそう難しいことではなかった。友人はパーティを早くに去りたくはないのだから。じゃあ、モルモット（担当医に何度反論されても、友人は自分のことをそう呼ぶのをやめなかった）になるのも仕方ない。

　友人の心を変えようとしなかったのはひとりだけ。友人の娘はただこう言った。お母さんがしたいようにして。

　これを聞いたとき、わたしは心が沈んだ。この母娘は長いあいだ、複雑な関係にあった。骨肉の争いをしてきたからね。その骨肉で人間ひとりできちゃうくらい、と友人はジョークを言う。友人は娘との関係をよくジョークにした。もともとユーモアが彼女の人柄の大きな特徴だったからということもあるし、ジョークにすることが彼女なりの困難の処し方だったからでもある。わたしは、友人の娘が生まれたときのことを憶えている。なかなかないくらいにトラブル続きの妊娠期のあとは難産で、分娩中の出血過多で輸血が必要になるくらいだった。〝モンスターをこの世に産み落とすと、そのくらいの目に遭うんだと思う〟というのが、のちに友人が言ったジョークだ。

母娘は三千キロ以上も離れて暮らしていた。そして、友人が診断を受けたころは、話はできる関係にはあった（わたしが思い出すかぎり、まったく話をしない時期も何度もあった）けれど、何年もたいして連絡を取っていなかった。

あの子がいっしょに暮らしてる男と会ったこともないんだ、と友人はわたしに言った。あとになってその男と結婚してたと聞かされても、驚きもしないと思う。

〝お母さんがしたいようにして〟。わたしはこの反応にどうこう言う立場にない。この言葉に残酷で不吉な意味を付け加える必要もない。でも、その言葉が友人にどう聞こえたか、そしてどれほどの苦しみを与えたかはわかった。

不自然というのがこの母娘について考えるときにいつも感じることだ。わたしの記憶のかぎり、ふたりのあいだには、誤解しかないようだったからだ。同じ屋根の下で暮らしていたころも、愛情あふれる瞬間はめったになかった。娘が出ていくと、その稀有《けう》な瞬間もすっかりなくなった。

友人が〝もしもどうなるかわかっていたら〟と言いはじめたとき、わたしは「子どもなんか持たなかった」と言うんだろうと思った。ところが実際には〝最低でも、もうひとり産もうとしただろうな〟と言った。

大昔、子どもが病気や障害を抱えていたり、冷淡だったり不品行だったりして、その子に当惑したり嫌悪感を抱いたりすると、親は本物の子は盗まれて、泥棒（多くの民話によれば、たいていは悪魔か妖精かのどちらか）が代わりに、実はトロールとか小鬼とかなにかしら人外のものを置いていったということにしたがった。どれほどの取り替え子伝説が、児童虐待の正当化に使われたか考えてみてほしい。体罰、ネグレクト、子を捨てること、ときには幼児殺害さえも。

友人の娘がなにかしらの事故ですり替わったという説は、どう考えても無理がある。娘は母親そっくりのきれいな青い瞳をしていて、瞳孔を囲む金色の輪さえも同じだった。同じようなハート形の顔の輪郭、同じようなO脚、声も聞いただけでは区別がつかない。でも、友人が一度ならずこう言ったのを憶えている。もしわたしが中世の暗黒時代に生きてたら、あの子は絶対に取り替え子だったはず。

どうしてかと訊かれると、友人はいらついた様子でため息をつく。とにかく、わたしの子だって気がしない。

それを聞くたび、わたしはぞっとした。

そして、あの言葉、つまり、どうなるかわかっていたら、もうひとり産もうとしただろう、を聞いたときもぞっとした。でも、理解できるような気がした。別の子がいて、その子とよい関係を築くことに成功したら、娘とうまくいかなかったのは自分のせいではないという証拠になるのだから。わたしは理解した。すくなくとも、理解しようとはした。

友人はこうも言っていた。もし娘じゃなくて息子だったら、なにもかも違った。つまりいいほうに、ということだ。

〝これはわたしが聞いたなかでいちばん悲しい物語だ〟というのは二十世紀でもっとも有名な小説のひとつ（フォード・マドックス・フォード『よき兵士』）の冒頭。誰かが自分の厄介な人生、ことに家族の不和について語ると、わたしは得てしてこの一節が頭に浮かぶ。

父親はいた。もちろん。というか、父親の亡霊のようなもの。その父親と友人は高校がいっしょで、卒業間近の短い期間、彼が軍隊に入隊する直前につきあっていた。戦争から帰ってきた彼と関係を続けようとはしたものの、うまくいかなかった。娘はお別れセックスでできた子、と友人は打ち明けた。

もう終わっていることはふたりともわかってた、と友人は言う。でも、お互い相手に対して怒っていたわけでもないし、わたしは次にセックスできるのがいつになるかわからないと思ったから。最後にどうしてもと言ったのは、わたしだったんだ。

結婚という選択肢は一度も頭に浮かばなかった、と友人は言った。そのとき彼を愛していなかったし、過去にも愛したことはなかった。高校時代を懐かしむ気持ちを別にすれば、互いの興味が重なる点もなかった。友人は、今後の人生にこの男を登場させるつもりはまるでなかった。妊娠していることを伝えたとき、彼にはなにも望んでいないとはっきり言った。友人には裕福な両親がいた。両親は娘の状況を知ると、うろたえるどころか喜んだ。両親はずっと、自分たちにひとりしか子どもができなかったことを残念に思っていた。どんな状況であれ、孫ができるというなら、それは祝うべきことだったのだ。

友人の恋人は戦争から帰ってきたとき、とにかく途方に暮れていて、なにに対しても確信を持てずにいたが、いまの自分が父親になれる気はしないということだけははっきりしていたので、彼がこの話から身を引くという計画にまったく異論を唱えなかった。どのみち、故郷を出てどこかで新しい人生を始めたいと思っていたのだ。彼は赤ちゃんが生まれるのを待つことさえせずに出発した。

十年音沙汰がなかったあとに、死んだという知らせが届いた。ある日、彼とその妻がたまたま田舎をドライブしていたとき、二階が燃えている家に出くわした。あとでその妻から聞いた話だと、彼は燃える家から悲鳴が聞こえたと言ったのだそうだ。その家のなかに走っていって二階に駆けあがり、熱と煙にやられ、心肺停止となったのだ。消防士が到着したのはその数分後で、蘇生させることはできなかった。悲鳴に関して言えば、妻はなにも聞かなかったという。しかもあとでわかったことだが、火事になったとき、その家には誰もいなかった。

この話をあの子にするべきじゃなかった、と友人は言った。父親が誰なのか、まったくわからないというふりをするべきだった。

母である友人からすれば、我が子の父親ははじめからたいして重要ではなかったけれど、時が経つにつれてその価値はさらに小さくなっていき、事実上まったくなくなった。娘にとって、父親は不在であるがゆえに大きくそびえていたのが、死によってさらに巨人のようになっていた。とにかくハンサム。卒業アルバムを見ればわかる（〝相手はもっとずっと可愛い子だと普通思うよね〟というのが娘から放たれた鋭い矢の一本だ）。兵士だね。勇敢で、ロマンティックな。燃えさかる家から見ず知らずの人を命懸けで救おうとした英雄。そんな男は自分の子をただ捨てたりしない。なのにあたしは父親に会ったことがない。父親と話したことがない。

それって誰のせい？

胸が張り裂けそうだった、と友人が言った。ある日、娘の部屋のクローゼットを片づけていて、娘がこっそり父親に宛てて書いていた手紙の束を見つけたときの話だ。

娘は手紙のなかに、母と祖父母に対する怒りをすべてぶちまけているようだった。

〝あなたはチャンスを与えられなかったんだとわかっています。母がどんな人かわかっていますし、あたしを自分の思い通りにするために、どんなことができるかもわかっています〟

娘はシングルマザーの子だというのがいやだった。子どものころ、周りの友だちにそんな子はいなかった。父親がいないのを恥じる気持ちを振り落とすことがずっとできなかった。同じようにずっと続いたのは、母親とつきあう男性への嫌悪感だ。友人は結婚しなかったけれど、娘が成長するあいだ、数人の男性とつきあった。娘はそのひとりひとりにできるかぎり無礼に接した。

そのうち何人かは娘のせいで離れていったと言っても言い過ぎではないはずだ。

祖父母の家で育ち、母と姉妹のように暮らすのもいやだった（正直な話、と友人は言う。子育てのかなりの部分を母に任せてしまった。母はやりたがっていたし。それに、わたし自身も本当に、母親というよりは姉みたいな気持ちだった）。娘は、母と祖父母が仲がいいのも我慢できなかった。このなかで自分だけが異質な存在。仲良くなれない母の家族とは違う、お父さんの娘。

〝あの女があたしたちの仲を引き裂いたことを、あたしは一生、許しません〟

あの女っていうのはもちろんわたし、と友人が言う。

つまりそれはラブレターだったのだ。

娘はあの男の存在を大きな情熱を向ける矛先にすることに成功したの、と友人は言った。彼と一時間過ごせるなら、家族みんなを奴隷として売っぱらうことさえしたと思う。

そこがいちばんいやなんだよね、と友人は言う。わたしを憎むのはかまわない。妊娠しといて、でき婚を拒否したのはわたしだし、ひどい母親だし。でも、わたしの両親は？　両親はただただあの子を愛して世話をしてくれた。それなのに、あの子は楽しいはずのふたりの老後をめちゃくちゃにした。そのことを、わたしは一生、許さない。

もしどうなるかわかっていたら、友人は両親の孫を、もうひとり産もうとしただろう。

これはわたしが聞いたなかでいちばん悲しい物語だ。

中学生のとき、娘は父親についての詩を書いた。そのなかに「燃える家にいたのはわたし／あなたが聞いた悲鳴の主はわたし」というものがある。

要は、娘の人生はまるまる悲劇だったって話、と友人は説明する。たっぷり愛され、たっぷり望まれて生まれたあの子は、苦難に満ちた世の中で、考えられるかぎりの恩恵を受けて育ったというのに、まるで孤児のように、難民のように、ボート難民のようにふるまってるんだから。なんなら自分で自分のことを臆面もなくそう呼んだこともある。

「わたしの心はボート難民」というのは、また別の詩の一行だ。祖父母もその詩に狼狽《ろうばい》させられた。祖父母は、無情な金持ちの俗物だと責められていて、愛情深い家族ではなく、まるで敵であるかのように描かれていたのだ。

我慢の限界だった、と友人は言った。ところが学校は、なんとその詩に賞を与えたのだ！　このへんで白状しておこう。わたしは友人の娘に同情したことは一度もない。わたしはまったく好きになれなかった。常軌を逸するほどに好感の持てない女の子だったと言わざるをえない。彼女に対する嫌悪感に、どれほど罪の意識を感じたか憶えている。あの子はまだ子どもなのに、と。でも、わたしはそれまで、そこまで不愉快な子どもに会ったことがなかった。詐欺師顔負けの嘘をつく。自分のおもちゃをわざと壊す。欲しいと言えば手に入るはずのものを盗む。自分より小さな子どもたちをいじめる。祖母に子猫をもらうと、容赦なくいじめたので、子猫は野良猫みたいに狂暴になった。

大学受験のときは、遠くの州にある学校にしか願書を出さなかった（あの子はできるだけわたしから離れたがってるわけ、と母親は正しく認識していた)。そして卒業後はさらに遠くで働き、数年間海外で暮らした。彼女には文才があったし、書くことに対する熱意もあったけれど、文学的な職業を目指す(わたしの背中を追う? と友人は言った。ない、ない)のではなく、ビジネス界に入った。なかでもビジネスを指南するビジネスで、そのうち、接待術を専門にするようになった。この分野において、彼女は頭角を現した。そして、仕事柄、旅に出ることが多かったこと、仕事そのものより好きなもののひとつが旅行だったこと、仕事のおかげで、自分はお金を払わずに贅沢な旅行ができたことのおかげで、彼女は少女時代を知る誰もが予想したよりもずっと幸せになっていた。

完全に自立すると、家族に向けられていた嫌悪は弱まった。片方のあとを追うようにもう片方も逝った祖父母の死をきっかけに自責の念が生まれた。友人はかつて、娘にはそういう感情は持てないのではないかと恐れていたのだが。母と娘が和解したというのは誇張だろう。ふたりのあいだに真の和平はありえない。でも、緊迫感は弱まり、すくなくとも二、三年は一般的な家族関係に似たようなやり方で互いの人生にどうにか関わった。

でも、もう手遅れだった。あまりにも長いあいだいろいろなことがあったし、経てきた諍《いさか》いも多すぎた(機能不全の家族にありがちな論理だが、友人は両親が共和党に投票するのはあっさり許すのに、娘がそうするのはなにがあっても許さない)。最終的に、ただ単に、手放すほうがとにかく楽だとなった。互いの存在なしで生きるのだ。友人が、娘がいっしょに暮らしている男と会ったことがないように、娘も母親につきあっている人がいることを知らなかった（とはいえ、相手の男性は、友人が重病かもしれないとわかると、気持ちが冷めてしまった）。

これが、友人が診断をされたときの状況だ。

〝お母さんのしたいようにして〟。こんなこと言われるなんてね、と友人は言った。お母さんのしたいようにして。まるでたいしたことじゃないみたい。まるであの子にはなんの関係もないみたい。

わたしは友人の手を握った。なんとか慰めようとした。わたしは言った。人は間違ったことを言っちゃうことも――

子どもを持たないなんて、あなたは賢いね、と友人は言う。

友人がわたしにそう言ったのは、それが初めてなんかではないけれど、このときはいつもよりずっと力が入っていた。でもすぐに、そんなことは言うべきじゃなかったと思ったのか、ええとね、ほかの人たちには今日の午後は来ないでと言っておいたんだ、と続ける。あなたとふたりで話したかったから。

わたしには、報告すべき新しいニュースはなかったので、別の話をした。普通の話だ。読んでいる本の話、観た映画の話、それから、うちのアパートメントの住人たちが、どこか一室でトコジラミが出たと聞いて大騒ぎをしていること。友人とわたしが出会ったのは二十代前半。同じ文芸誌の編集をしていた。わたしたちのかつての上司である編集長は、その年に亡くなっていた。

それでわたしたちは、その上司について、編集部でのかつての日々について、そして、創始者であり編集長である上司亡きあと、その文芸誌が今後どうなっていくのかについて話した。そして、わたしは自分が参列した、その上司の葬儀の話をした。友人は、病気じゃなかったら、参列したかったと言った。

ほかの共通の知り合いについても話した。文芸誌の仕事で最初に出会った人たちのこと、まだ交友のある人たちのこと、連絡も取らなくなってしまった人たちのこと。亡くなった人のこと。わたしは、話題が誰かの死になることを気にした。さっきの元上司のように、なかにはいま友人の命を脅かしているのと同じ病にやられてしまった人もいるのだ。でも、会話の方向を決めていたのは友人のほうだった。わたしたちがいっしょにいるときは、たいていそうだった。それが友人のやり方なのだ。

友人は投薬のせいで、すこしふらついていた（本人は否定したが、たぶん、痛みもあったんだと思う）が、彼女のトレードマークともいうべき力強い語り口で会話を進めた。間違いなく、人生のかなりの時間を演台の後ろで過ごしてきた人だ。そうだ、この人は、語る言葉に迫力があることで知られた人だったのだ。戦士とかサバイバーだとかと言われるタイプの人間で、それゆえに、治療をやめると宣言したとき、彼女を知る人たちは驚いたのだ。そして、彼女がその考えを覆したとき、誰も驚かなかった。とはいえ、治療を恐れたのは間違ったことではなかったのだ。最初に会ったとき、友人は見違えるようだった。〝卵みたいに白くて、箸みたいにガリガリ〟というのが、会う前に友人がわたしに警告してきた自分の姿だ。しかも、かつては雷雲のようにもじゃもじゃだった髪がすっかり抜けていた。

会いにきてから一時間くらいしたころ、腫瘍専門医がやってきた。若々しくて、浅黒い肌をした古典的なハンサムで、主人公の医師を演じる映画俳優のようだった。友人がその医師にいちゃついた感じで話すのを見て（そして、医師がさりげなく、優しく、いちゃつき返すのを見て）、わたしは心を打たれたけれど、それはすこしのあいだ部屋から出ていてほしいと言われるまでのことだった。なにせ個室だ（信じられないくらい高いんだよ、と友人は言った。でも、テレビを観たり、電話で無駄なおしゃべりをしていたりするルームメイトといっしょに、ここで一日中寝転んで過ごすなんて、考えただけで耐えられない。ラウンジに数分いるのだって我慢できないんだから。それでわたしは、その前の年に自分が小さな手術のために一晩入院した話をした。隣のベッドの女性が自分の病状がどうなったかについて、とにかくたくさんの人に電話で話すのを何時間も聞かされるはめになったこと。その相手のなかには自分を担当する美容師もいたし、まったくおかしな話なのだが、明らかに当惑している相手に、そもそも自分たちがどんないきさつで知り合ったのかを説明しなければならないこともあった）。

医師の診察が終わると、わたしたちはまたさっき中断したおしゃべりを始めた。ところが、そこでいきなり、友人はぱたんと横になった。エネルギーが尽きたのだ。あまりにも突然のことだった。まるで、銃で撃たれたみたいに。そして、もう話す力がないけれど、もうすこしだけいてほしいと言った。友人は採血のために入ってきた看護師をじろりと睨《にら》んだのだけれど、なぜそんなことをしたのかは忘れたことにしておく（あとで友人が言ったのは、あの人、嫌い、だけだった）。看護師はいかにもプロという様子でわたしにウインクをして出ていった。看護師たちは許すという訓練を積んでいる。癌患者に対しては。

わたしがお別れのキスをすると、来てくれて嬉しかった、と友人は言った。

明日、また来るね、とわたし。

今晩なにするの？　予定あり？

元恋人の講演を聴きに行くつもりだとわたしは答えた。

ああ、あいつね。友人はそう言って呆れ顔をしてみせた。

彼の講演の元となる記事は読んだかと訊くと、友人は読んだと答えた。

あいつが相変わらず愉快なやつだと知れてよかった、と友人は言った。

つい先日発表された、とあるアンソロジーに収録された実話を元にした物語が、友人とわたしのよく知る内容だった。というのも、登場人物のひとりが、共通の知人、また別の同僚だったからだ。ある大学教授の男が、教えるクラスのなかにいる若者にのぼせあがる。教授が若いころに熱愛していた美しい青年を彷彿《ほうふつ》とさせたからだ。教授は衝動を抑えることができずに若者を誘い、相手からも思いを寄せられて興奮する。情熱的なロマンスが始まり、男たちは、年の差によるジェネレーションギャップを乗り越えて、ふたりの関係が永く続くことを願う。ところが、ほどなくして、若者が実は教授の元恋人の息子だったことが判明する。この露呈により、教授の心は奥底からかき乱される。教授はすぐに若者と別れるが、元の普通の生活にはどうしてももどれない。取り乱すあまり、最後には自殺する。

わたしたちみんなが当時どうしても信じられなかったのは、真実が露呈するまで、教授は家族ならではの相似、実のところ有無を言わせないほどそっくりだという手がかりを無視しただけでなく、かつてといまの恋人たちが、同じ苗字だというさらに大きな手がかりまで見過ごしていたということだ。もうひとつ信じられないのは、この驚くべき「偶然の一致」について若者に話さず、ほかにも一致することがあるのではないかと探ってみようともしなかったらしいということだ。

否定したいという願望の威力。これが発動されることはよくある。たとえば、高校のトイレで出産した少女。あとで訊くと、自分が妊娠していたなんて思いもよらなかったと言う。体のあちこちで起きていた変化のひとつひとつを、少女はなにかしら別のもののせいにしてきたのだ。人間の心にある、果てしないほどの自己欺瞞《ぎまん》の能力。わたしの元恋人は、この点に関して確かに言い当てていた。

出版された物語は若い（といっても、もう若くはない）恋人によって書かれたもので、登場人物の性別やその他の詳細が変えられていて、教授の情事の相手となった学生は、教授がその存在を知らされていなかった娘になっていた。著者によると、この変更は、より劇的な葛藤を作り、自殺に真実味を持たせるためのものだという。当然ながら、真実のほうがもっとずっと面白かったし、著者が物語を実際「だめにした」と思ったのは友人だけではない。現実に起こったことを忘れるのがフィクションではないのだから。教授に近しい人たちは、教授が小説の登場人物にされたことを不快に思ったし、そもそもこの物語は書かれるべきでも、出版されるべきでもなかったと思った。

それでも出版されたし、わたしたちはその物語を手にしている。これもまた悲しい物語だ。

『Jesus, du weißt』というのは、わたしが十五年前に観て、いまだに忘れられないオーストリアのドキュメンタリーのタイトルだ。「ジーザス、ユー・ノー」。六人のカトリック教徒が登場する。ひとりずつ、それぞれ違う誰もいない教会で、チャンセルに置かれた三脚にセットされたカメラに向かって跪《ひざまず》き、声に出して祈ることを承諾している。どこにでもいる普通の信者で、男性が三人、女性が三人。六人とも胸にたくさんのことを抱えている。心にたくさんのことを抱えている。ジーザスに話したいことがとにかくたくさんある。「ユー・ノー」というフレーズが何度も繰り返される（実際、「ユー・ノー・ジーザス」のほうが、タイトルとしてより正確だ。それは、会話の間を繋ぐだけの言葉で、神が全知であることを意味してはいないから）。この一方通行の極めて私的な語りは、ほとんどが家族の問題についてで、まるで精神科医や、告解を聞く司祭に話しているみたいで、「祈り」という言葉を聞いて思い浮かべるようなものではない。神へのラブレターとまではいかず、カトリック教会で定義されているような心を神に上げることでも、恵みを乞い求めることでもない。

ひとりの女性は、夫が脳卒中になったあと、一日中、悪質なテレビ番組ばかり観ているために気が沈んでいる。別の女性は、夫が浮気をしていると文句を言った。たぶん、神様がお助けくだされば、相手の女性の夫に匿名電話をかけるときのいい台詞が見つかるはずです。そしてイエス様は、わたしが自分の夫を毒殺しないよう力を与えてくださるでしょうか？　告白しますと、実はすでに毒を手に入れてあるのです。

年配の男性は、子どものころに受けた虐待についてイエスに無表情に問う。なぜ父はわたしを殴ったのでしょう。なぜ母はわたしの顔に唾を吐いたのでしょう。

若い男性は、両親が自分の信仰心をわかってくれないと嘆くところから始め、そのうち、まごつかせるような内容だけれど、ところどころ宗教的なところのある、みだらな空想を語っていく。若いカップルは順番に、ふたりの交際でいやだと思っていることを話す。ふたりはそれぞれ、人生に求めるものが違っている。

彼らはだらだらと話しつづける。六人全員。「だらだら」としか表現できない。彼らの話の大部分が、泣き言としか言いようのないものだったから。しだいに言い訳じみた口調になっていく。それぞれが、自分の気持ちを説明しなくては、自分の状況を知らせなくてはという強迫観念を感じているみたいで、まるで裁判官の前で陳述しているようだ。

わたしのほかに観客はほんの一握りしかいなかったが、そのなかにさえ途中で席を立って出ていった人がいた。

映画のなかに記録された祈る人々が赤裸々に見せたのは、深い孤独、自信のなさ、そして悲しみだった。ひとりひとりが声を上げて愛を求めているようだった。自分には見つからなかった愛、あるいは、いまにも失ってしまいそうな愛。映画のなかの人々は、年齢も違えばバックグラウンドも異なるけれど、もっとも重要なふたつのことが共通していた。宗教と国籍だ。この監督の実験が、オーストリア人でなく、カトリックでない宗教を信じている人たちを対象にして再び行われたら、結果は同じになるだろうか？　わたしは同じになると思う。映画を観て、祈る人たちの話を聴いて、わたしは現代人の置かれた状況を目撃しているような気がした。

祈りとはなにか、そして神は仮にも祈りに耳を傾けているのかというふたつの問いを、製作者は観た人にじっくり考えてほしいと考えている。わたしはどうか。わたしは劇場をあとにしながら、あのすばらしい命令のことを考えていた。親切でありなさい。なぜならあなたの出会う人はみな、苦難を味わっているのだから。

プラトンの言葉だとよく言われている。

そのドキュメンタリー映画を観てからほどなくして、映画監督のジョン・ウォーターズがラジオでインタビューを受けているのを偶然耳にした。お勧めの映画を聞かれると、彼はすぐに『ジーザス・ユー・ノー』を挙げた。お気に入りのホリデームービーです、そう言ったのだ（ちょうどクリスマスシーズンだった）。人間はいらいらさせる生き物です、とジョン・ウォーターズは言った。そしてその映画を観てはっきりわかるのは、もし神という存在が本当にいて、人々の祈りをずっと聴かなくちゃいけないのなら、神は頭がどうにかなってしまうだろうということです。

III

ジムに行った。近所にあるこのジムに何年も通っている。最低でもわたしと同じくらい長く通っている人もいて、そのなかには行くたびに見かける人も何人かいる。なかでも、気になる人がいる。この長い年月、何曜日に行こうが、何時に行こうが、その女性は必ずいる。友だちにはならなかった。名前を教え合ったことがあるかもしれないが、彼女の名前は忘れてしまった。それでも、同じ時間にロッカールームに居合わせれば、ちょっとおしゃべりした。初めて話したときの話題は『無限の道化《インフィニット・ジェスト》』（デイヴィッド・フォスター・ウォレスによる小説）で、彼女はそのときたまたまその本を持っていた。わたしが面白いですかと訊くと、いちばんの長所は長さよと答えた。この本はずいぶん長いこと読むことになると思う、と女性は言った。何週間も。もし気に入らなかったとしても、代金の元は取れると思っているらしい（わたしはどうしても、なかなかなくならない大きなぺろぺろキャンディが頭に浮かんでしまった）。薄い本、つまりあっという間に読み切ってしまうような、ときには週末のあいだささえもたないような本に二十ドルも払うのにうんざりなの、と女性は言った。

それに、詩だけの本なんてのも、あるでしょう？　詩だけにあれだけ払わせるってどういうこと？　誰が買うの？

そうたくさんの人は買いませんね、とわたしは請け合った。

当時、ジムの女性は若くて、まだ学生だったと思う。でなければ、学校を出たばかり。アートスクールだった。彼女がどんな様子だったか、とてもよく憶えている。なぜならとてもきれいだったから。目鼻立ちがはっきりしていて、まったくのノーメイクでも印象的だった。彼女を見ると、ある映画監督が子役はメイクなどさせずに撮るべきだと話していたのを思い出した。あとになってわかるのだが、その子役の女優である幼いエリザベス・テイラーは、メイクなどぜんぜんしていなかったのだ。

ジムの女性は、たぶん、ワークアウトで努力などまったくしなくても、完璧な体型というものにも恵まれていたのだと思う。ところが時とともに、彼女の外見は変わっていった。劇的な変化とは言わないまでも、たいていの人よりは大きな変化だ。中年になった彼女は筋肉をつけていたが太り過ぎで、はっきりしていた顔立ちはぼやけ、輝きは消えた。誰より彼女自身がそのことに気づいている。ロッカールームで背中を丸めて座り、タオルで体を包み、顔に不平を浮かべる。なんでここにはこんなにたくさん鏡があるの？　なんで照明はこんなにバカ明るくしてあるの？

わたしは照明については賛同した。ほんとにバカ明るい。でも、鏡についての意見にはまごついた。見ないようにすればいいだけだから。

ロッカールームの女性は言った。毎日ワークアウトして、口に入れるものひとつひとつに気をつけて、それでも痩せないって、そんなことある？　いまじゃ昔の半分しか食べていない、と彼女は言った。それでもデブにならないためには、毎年食べる量を減らさなくちゃいけなくて。このままいけば、すぐに、一日にニンジン一本と固ゆで卵一個しか食べれなくなる。でも、それだって、痛みがなければそんなに悪くない、と彼女は言った。胃が空になると、なかにネズミがいて、出口を作ろうとかじっているみたいな感じになる。夜、辛くて眠れないこともある。気がおかしくなってるように聞こえるかもしれないけど、とロッカールームの女性は言う。姉が癌になって十五キロ近く痩せたとき、自分もそうなりたいと願わずにはいられなかった。でも、それってそんなにおかしいこと？　結局のところ、常に自分の見た目を嫌い、常に自分の体と闘い、常に、常に闘いに負けつづけているということは、常に気が滅入っているということで、それは、癌になったときの姉より気が滅入っているということ。しかも、姉は、いまは元気なの。

服を買うときも、とロッカールームの女性は言う。以前は楽しかった。嬉しくてたまらなかった。でも、いまではまるで、罰を受けてるみたい。新しいパンツやワンピースが必要になると、百着試してみないと合うものが見つけられない。そのあいだ、ずっと鏡を見なくちゃならない。女性は鏡に映る自分を見て立ちながら、歯ぎしりをするのだと、いまその話をしながら歯ぎしりをする。かつての自分のこと、どれほど楽しかったというだけじゃなく、自分のスタイルの良さにどれほどほれぼれしたかを思い出すの、と。

後ろ姿が最悪、と女性は言う。自分の後ろ姿に本当に耐えられない。もういまじゃ絶対、お尻を隠すものしか着ない。

ビーチに行く、泳ぎに行く、日焼けをする。こういうこともぜんぶ、前は楽しかった、とロッカールームの女性は言う。でもいまでは、人前で水着を着ることは絶対にない。ショートパンツで外出することもないの、いくら暑くても、と彼女は言う。いつでも体をすっかり覆わないと気が済まない。たとえ体重が落ちても、たとえまた細くなっても、この先自分の体を世間にさらすことはない、と女性は言う。同じ年ごろの女性たちと比べて、自分が特別醜いというわけではないとわかっていたし、なんなら、実際のところ、たいていの女性たちよりもましだとわかっていた。それでも、理解できなかった。多くの女性が、自意識に悩まされることもなく、恥ずかしげもなく、どうしてほとんど裸みたいな姿を世にさらせるのか。ビーチでカッテージチーズみたいな太ももとハンモックみたいに垂れ下がったお腹をした女性が歩いているのを見たとき、どうしても目を背けてしまった、とロッカールームの女性は言う。見ることさえできなかったのだそうだ。他人にあんなふうに思われるようなことをするくらいなら、死んだほうがまし。

女性の声には本物の恐怖がにじんでいた。恐怖と苦々しさと痛み。人生は彼女になんと意地悪なことをするんだろう。

誰それがフェイスリフト手術を何度も受けていて、あの顎のくぼみは本当はへそだとかという話を聞いたことがあるだろうか？　わたしが最初にこのジョークを聞いたとき、それはエリザベス・テイラーのことだったと思う。

顔加工アプリができるずっと前、誰かがこんなことを言ったのを憶えている。みんな若いとき、たとえば高校を卒業したときあたりに、十年後、二十年後、五十年後の自分がどんな見た目になっているのかがわかるようにデジタル加工した写真を見せてもらうべきだ。そうすれば、すくなくとも心構えはできるはずだとその人は言った。なぜなら、たいていの人は年を取ることを否定するからだ。死を否定するのと同じように。周囲の人に起こっているのは見ているのに、両親や祖父母の身に、目の前で起こっていることなのに、誰もそれを受け入れない。自分に実際起こるとは信じない。他人には起こること、ほかの人全員に起こること、それでも自分には起こらない。でも、わたし自身は、それはありがたいことだといつも思ってきた。年を取るのがどれほど悲しく辛いことなのかなんていう重い認識を背負って生きている若者なんて、若者とはぜんぜん言えない。

先日、こんなことがあった。友人数人とカフェテラスに座っていた。歩道の縁石のそばで中年の女性がスマホで話していたのだが、通りの雑音がうるさいので、声を張り上げていた。わたしがいちばん若いの、とその女性が言うのが聞こえる。通りがかりの車のなかから、男がわめく。いちばん若いのがあんたなんてことがあるか？　百歳に見えるけど！

わたしの知り合いの、年配でかつてとても美人だった女性が、これについてひとこと言ったことがあった。わたしたちの文化では、その人がどんな人で、どんなふうに扱われるかということを決めるのに、見た目はとても重要な要素となる。女性ならなおさら。見た目がいいと、見た目のいい女性だと、ある程度の注目を集めることに慣れてしまう。ほめられること、それも知り合いからだけでなく、見ず知らずの人から、ほとんどすべての人からほめられることに慣れる。賛辞に慣れ、あちこち呼ばれることに慣れ、プレゼントをもらったり、なにかしてもらったりすることに慣れる。愛情を呼び起こすことにも慣れる。もしもあなたがすごく見た目がよくて、精神的に病んでもいないし、不快なほどうぬぼれが強いわけでもなく、ものすごいまぬけでもないなら、人気者であることに慣れているはずだ。愛されたり賞賛されたりすることに慣れすぎて、それを当然のことと思うはずだ。どれほど自分が恵まれているかもわからないだろう。ところがある日、それがすべて消えてしまう。実際は、それはだんだんと起こることだけれど。あなたはだんだんと気づいていく。通りかかったときに振り向かれなくなる。出会った人がかならずしも顔を憶えてくれるとはかぎらなくなる。そしてそれがあなたの新しい生活となる。あなたにとって未知なる新しい生活。よくある、忘れられやすい顔をした、ありふれた、魅力のないあなた。

わたしはときどき、このかつて美人だった女性の言ったことを考える。どこに行っても男たちがいやらしい目で見てきたり、口笛を吹いてきたりすること、つまりあの粗野で迷惑な注目について若い女性が文句を言うのを聞くと、わかる、と思うのよ、と彼女は言った。わたしも同じように感じたから。でも、数年後にやったー、もうそういうことされなくなった！　って浮かれる人なんている？　閉経みたいなものなの、と女性は言った。もう生理とつきあわなくていいのがどれほどほっとすることでも、最初に生理がこなかったときに大喜びするする女はいないから。

その年配でかつて美人だった女性はこう言った。ある年齢を過ぎてから、まるで悪い夢を見ているようだった。どういうわけか、わたしのことを誰もわたしだとわかってくれない悪夢みたいな。前のように、どうしても来てくれとも、友だちになりたいとも言われなくなる。それまで、好きになってもらったり、賞賛されたりするために、自分から努力しなくてはいけないポジションにいたことがなかったの。わたしはいきなり、すっかり内気になって、人づきあいが下手になった。さらに悪いことに、偏執的に疑り深くなった。他人に好かれようと常に頑張っているけれど、それこそが好かれないタイプの人だとみんながわかってる。わたしはそんな哀れな人になってしまったのか、って。

ある日、息子が家に友だちを連れてきたの、とかつて美人だった女性は続ける。その子がこう言うのをたまたま聞いてしまったのよ。あなたのママって、ちょっと変だよね。いまでも、その女の子がどういうつもりでそう言ったのか、よくわからない。いまだに真相はわからない。でも、その言葉がわたしを奈落の底に突き落としたの。そのころから、わたしは引きこもりはじめた。もちろん、仕事には行くし、家族の世話もするけれど、社交的なことからはどんどん遠ざかった。太りはしなかったけれど、メイクをすることも、白髪を染めることもやめてしまった。

憶えているのは、とかつて美人だった女性が言う。そのころいちばん辛かったのが、罪の意識だったこと。嘘じゃない、罪を感じたの。年を取ったことの、容姿が衰えたことの罪。わたしはみんなの落胆の元。みんなをがっかりさせている。夫を落胆させたことは否定できない。夫は言葉にしたわけではないけれど、そう思っていることを隠しもしなかった。夫が浮気を始めたとき、夫はわたしが自分の見た目をよくしようと、つまり若く見せようと努力しなかったことを免罪符に使っているのがわかった。わたしの母は以前モデルをしていて、絶世の美女と呼ばれた人だったのだけど、その母が、わたしの結婚は危うい と警告していたの。結局、夫がわたしと結婚した理由のすべてがわたしの容姿であり、それは夫がわたしに恋した大きな理由でもあって、そのことを夫もわたしも知っていた。否定するのもばかばかしいくらいわかりきったことだったから。ところが、夫が恋をして結婚した若い娘はもういない。その子の代わりの女を欲しがっちゃいけないなんて、あのときのおれにわかるわけがないじゃないか、ってわけ。そこで夫は自分と同じような苦境にある多くの男がしていることをしたの、とかつて美人だった女性が言う。わたしを捨ててほかの相手に乗り換えたのよ。わたしの友だちがみんなこう言うの。たぶん、わたしが聞いて気分がよくなるとでも思ったからなんでしょうけど、その、ほかの相手っていうのが、二十年くらい前、その人の年と同じくらいだったわたしにそっくりだって。友だちは、こうも言った。さあ、誰か別の男と出会わなきゃ。あなたの見た目だけじゃなく、あなた自身を愛してくれる人を見つけるの！　おかしな話だけど、わたしはそんな男に出会ったことがない。

たぶん、わたしは、あの女の子が言ったみたいに、本当に変なのかもしれない。じゃなければ、ただの最低な、薄っぺらい人間なのかもしれない。でも、ときどき、自分が死んでしまったような気分になる、とかつて美人だった女性が言う。何年も前のあのころ、わたしは死んで、それからずっと幽霊だったんじゃないかって。わたしはあれから、失われた自分を悼《いた》んでいて、子どもたちや孫たちへの愛情でさえも、その状態をどうすることもできなかった。

ジムの女性はずっと画家になりたいと思っていたと、ロッカールームで出くわしたある日、教えてくれた。なれると思ったけれど、確信まではもてなくて、と彼女は言った。始めるときって、誰でもそういうものでしょ？　なれると証明する機会もまだなかったわけだし。教えてくれた先生のほとんどは男性だった、と彼女は言った。そのうちふたりの先生が、強く勧めてくれた。わたしがとても上手だといつも言ってくれたのよ。もちろん、ふたりともいつも口説こうとしてきたけど、それほど驚きはしなかった。わたしを口説こうとしてきた男性はほかにもいたし、当時、男の先生たちはよく女子学生に言い寄ってた。そういう時代だったの。でも、疑わずにはいられなかった。先生たちがわたしの作品を本当に気に入ってくれているのか、それともわたしのことが好きなだけなのかよくわからなくて。ひとりの女性の教師が男性の教師たちほどわたしの作品を評価してくれなかったのも無視できなかった。でも、あのときのわたしは、たぶんあの先生はわたしを敵対視してるか嫉妬してるかのどちらかなんだって思ったの。そういう女性は多いから。それに、ひとりの男性が、あれはまさにそれだよと言ってくれたし。その状況が長引くうちに、わたしはさらにわからなくなった。誰を信じていいのかも、誠実な意見とお世辞の違いも、わからなかった、とロッカールームの女性は言う。自分の判断がまったく信頼できなくなった。言い訳をしようとしてるわけじゃないの。もし、本当に芸術家になる運命だったのなら、わたしを止めるものなんてなかったはずだとわかってる。でも、過去を振り返るたび、思うわけ。ああ、あの男たち！　あいつらのせいで、人生が変わってしまった。わたしはもう、なにが本当かわからない。

デイヴィッド・フォスター・ウォレスが自殺してすぐのある日、ジムの女性に、初めて話したときの話題が『無限の道化』だったのを憶えているかと訊いた。彼女は憶えていなくて、わたしが思い違いをしてるんじゃないかと言った。その本について聞いたことはあるけれど、間違いなく読んでいない。そんな長い本は読まないから、と彼女は言った。誰にそんな時間があるっていうの？

Ⅳ

女の話は、しばしば悲しい話である。

六十を過ぎた人はだいたいそうだけれど、女Aはしばしば老いについて考えている。同時に、老齢期がとても遠くに思えたころのことをしばしば思い返す。自然の摂理というよりは、選択のひとつのように思えていたころのこと。大学を卒業すると、都会に出て暮らした。当時は夫やステディな間柄の恋人を探すより、複数の男たちとデートしたかった。彼女は魅力的で、楽しいことが好きで、とくに好みが難しいというわけではなかったから、これはたやすく達成できた。もちろん、こういう遊びは長続きしなかったし、長続きさせようとも思っていなかった（実際、そういう時間が過ぎるのはなんて早いんだろう）ので、そのうち運命の相手と落ち着くことになるのだろうと思っていた。ところが、実際にそうなるよりずっと前から、あるタイプの夫婦、つまり年配の女性と、猫背で、薄くなってふわふわまとまらない白髪頭で、ズボンのベルトが肋骨あたりまで上がっているようなおじいちゃんの組み合わせを見かけると、自分が遠い未来に連れ添うことになる老人のことを思って痛みのようなものを感じていた。女Aが思うに、自分の相手となる男は、若さはなくなっても、大事なものはある程度まだ持っているはずだ。まず、長きにわたって仕事は順調だったから、金に困ることはまるでない。善良な心を持ち、たとえ老化のせいで弱くなった部分はあるにせよ、威厳がある（すこしもぼけていないのは言うまでもない）。彼といっしょに、静かだけれど刺激のある暮らしをするのだ。もちろん、おぞましい引退者向け団体旅行に参加するのではなく、リッチで優雅な暮らし。コンサートや芝居や映画を観に行き、海外旅行もする。もちろん、情熱的な時期を過ぎてはいるけれど、海外の町々やエキゾチックな風景を背景にしたふたりにまだ恋愛感情があるのは、彼女はもちろん、はたから見てもわかることだ。時が経つにつれ、その老人の姿はどんどんはっきりと思い描けるようになってきた。まるで、こちらに向かって歩いてくるみたいに。ところが、さらに年月が過ぎると、その男のイメージが、後ずさっていくかのように退きはじめた。そしていまでは、かつて想像していたのとは違う老齢期に直面している自分に気づく。ひとつの問いが頭を離れなくなる。古い歌か学校で暗記させられた詩のように、頭のなかで何度も繰り返される。その老人はどこですか？　親切でいっしょにいて楽しい、愛しい老いぼれくんはどこですか？　誰か彼女に教えてあげてくれませんか？

そんなふうな女の話。

別の話の舞台はイタリアのウンブリア。

……ウンブリアで、女Bはひと夏、古い農家を借りた。毎朝、暑くなりすぎる前に丘でランニングをした。ほぼ毎日、同じ丘の頂上にある中世の見張り塔の近くで、道の脇に同じ車が停まっていて、持ち主である老人がそばで杖《つえ》をついて立っているのを見かけた。老人は犬を連れていた。金色の毛をしたスパニエル犬で、彼女が近づくと激しく吠えたてながら向かってきた。そのたびに老人は、以前も彼女に会ったことがあるのを忘れてこう叫ぶ。〝シニョーラ！　ア・パウーラ・デイ・カーニ？〟そのたびに彼女は老人に、いいえ、と答える。犬は怖くありません。

最初のころは、儀礼的な気持ちと、老人がおそらくちょっとかまってほしいのだろうという気がしたのとで、立ち止まっておしゃべりをした。イタリア語はあまりうまくなかったけれど、老人は彼女のことを憶えていなかったし、当然ながら前の会話の内容も忘れていたから、それほどイタリア語はいらなかった。老人はおそらく元職人かなにかで、生まれてからずっとこの辺りの丘で暮らしてきて、かつてこの地方の城が統治する土地を耕していた民の子孫だろう。犬の散歩をするのに、どうして老人がいつもこの場所まで車でやってくるのか、彼女にはわからなかった。老人自身は弱っていて、一度におそるおそる二、三歩歩くのがやっとだった。

ある日、いつもよりじめじめした日に、彼女は普段はスポーツブラの上に着ている長袖シャツを脱ぎ、それを腰に巻いていていた。見張り塔が視界に入ってくると、犬がこちらに向かって吠えだした。〝ア・パウーラ・デイ・カーニ？〟ところが、近づくうちに、なにかがおかしいと感じた。老人は明らかに興奮している。たぶん、暑さのせいだろう。ところがもう数歩近づいて、理解した。老人はまったく自分の欲情を隠そうともしていない。彼女の半裸の体を舐めまわすように見ながら、〝アア、シニョーラーーー〟と言ってため息。そしてまるで足元で喘《あえ》いでいる犬の物まねをするかのように、舌をつきだしてべろべろさせる。

彼女が動きだそうとしたその瞬間、驚いたことに、老人は杖を地面にカランと落とし、彼女のむきだしの腕を片方の手でつかむと、もう片方の手で夢中になって撫でた。老人の唇のあいだから、好色そうな笑い声と唸り声が流れ出る。老人のバランスを崩さないように気をつけながら、彼女はなんとか老人の手から自分の腕をもぎとると、走って逃げた。

笑い飛ばすのは簡単だった。結局、どう見ても笑える事件だったから（好色なサテュロスにつかまったみたいなもん、というのは彼女が友人たちに話したときの言葉だ）。でも、どこかいつまでも不安にさせるようなものもあった。いくら実際に危険な目に遭うことはないと感じたとはいえ、老人の行動に暴力的な要素がなかったということにはならない。さらに厄介なのは、おそらく、あのとき老人の顔に浮かんだあるもののことだ。それは彼女があとになってからなにかわかるのだが、スケベ爺《じじい》が、自分が性的に興奮していることを恥じるどころか自慢げだったことだ。

老いて背中が曲がっていても、老人は彼女より数センチ背が高いし、弱ってはいても、体はかなり大きい。老人がかつてどれほどたくましい体格の持ち主であったかは、想像に難くない。力のあり余った下劣な若い野獣なら、たまたま人気《ひとけ》のない場所で遭遇した無力な女性を捕まえられると想像するのもたやすいことだし、そうなればその女性には逃げる望みはないだろう。

老人が今回の遭遇を憶えているかは、過去のことから考えても疑わしい。いずれにせよ、その朝以降、彼女が立ち止まって老人と話すことは二度となかった。老人を見るたび、どうしても同じことを考えてしまう。若く見積もっても八十代の老人。記憶もなく、健康な脚もなく、呼吸もおぼつかない。それなのに、女性の肉体がすこしばかり露わになったというだけで、化けの皮が剝《は》がれてしまう。もうずいぶん前からセックスもできなくなっているはずだ。それなのに。欲しいのだ。欲情するのだ。転んで腰の骨を折るかもしれないのに。そういうことが、多くの老人たちにとって命取りになるというのに。そんな危険を冒してでも、どうしても女の体を触りたいのだ。あのどろっとした目に浮かんだ荒々しさ、喘ぎ声、いやらしいしわがれた音。強い日差しの照りつける、青々とした太古の丘陵で、彼女が対峙《たいじ》していたのは、ただの人間ではなく、制御することのできない、なにかしらの力であるように思えてならなかった。

V

これだけは望んでいけないし、この先も望むつもりもないと彼女が思っていることがひとつある。ほとんど三十年ものあいだ、自分にとって絶対的な意味を持つ男、かけがえのない存在となった男、強くて、彼女が望んできたような謎をもたらしてくれる男を、つまり、変人でも、弱虫でも、この世に数多《あまた》いる、他人の援助なしには生きられない男でもない本物の男を、たったひとりも見つけられなかったのだから、そんな男はこの世にはいないのだ。そしてこの新男性《ニューマン》が存在しないのなら、人はただ、すこしのあいだ、互いに友好的で、親切であることくらいしかできない。これ以上はどうしようもなくて、あらゆる関係につきものの食い違い、つまりもつれや混乱から抜け出す方法を見つけるまで、男女は距離を取って関わらないようにするのがいちばんだ。そのうちいつか、なにか別のものが現れるかもしれない。それが強くて謎めいていて、真に偉大なものであれば、そのとき初めて、男も女もまた身をゆだねられるのかもしれない。

きっといつか。でも、インゲボルグ・バッハマンが自伝的物語のなかにこの文章を記してからほぼ半世紀経つが、男と女の分断はさらに広がるばかりだ。

もつれはさらに複雑になり、混乱はさらに深まり、食い違いはさらに際立っている。赤の州と青の州。優しさと親切はさらに忘れられている。

ひとりの建設現場作業員が後ずさりしていて、たまたま歩道にいた女性にぶつかり、すみません、と言う。女性はなにか文句を言ったけれど、わたしには聞こえない。作業員がそれに対して、すみませんと言いましたよ、と返す。女性は作業員に向かって中指を突き立て、そのままずんずん歩いていく。作業員がその背中に言う。すみませんと言いましたよ！　女性は振り返りもせず叫ぶ。いまさらすみませんなんて、遅いんだよ。わかりました、と男も大声で言う。取り消します。すまないなんて、思ってねえよ。

なんということ。

ひとつのテーブルを囲む女性たちとの対立。ひとりが、ある女性の話をする。ふたり連れの男にやじを飛ばされたお返しに、自分のパンツのなかに手を突っこんでタンポンを引き出し、男たちに投げてやったという。

そんなこと、しなきゃよかったのにと思ったのはわたしだけだった。

彼女には自分を守る権利がある、とほかのみんなは言った。

バッハマンによれば、ファシズムは男女の関係における根本的な要素だ。

それは言い過ぎ。

すべての偉大な男の後ろには、彼の偉大さに身を捧げる女がいるし、すべての偉大な女の後ろには、彼女を引きずり下ろすために身を捧げる男がいるというアンジェラ・カーターの主張もそうだけど。

とはいえ。

女流小説を書いてるんだよね？　と、とある小説家が同業の女性に訊く。

わたしたちはなんと暗い界隈に足を踏み入れてしまったのだろう。

バッハマンの「湖へ通じる三本の道」は短篇集『ジムルターン』に入っていて、一九七二年に出版された。バッハマンが火事による火傷のために亡くなる一年前のことだ。五つの物語。五人の女性。それぞれがなにかしらの情緒不安を抱えている。それぞれが逃れられないとか孤独だとか不安だとかと感じ、家父長的社会での自分の居場所がわからなくなっているなかで、その辛い思いを表現する言葉を必死に見つけようとしている。

ジョージ・バランシンは言った。男性のグループを舞台に送ったら、それは男性のグループでしかないが、女性のグループを舞台に送れば、世界を丸ごと表現できる。

一冊の本のなかで女性のグループを描いたら、それは「女性小説」になる。するとほとんどの男性読者は手に取らないし、すくなくない女性読者も遠ざけることになる。

バッハマンは若いころから詩で有名だったけれど、物語を出版するようになると、批評家たちから「フラオエンゲシヒテン」だとして片づけられる。平凡でどうでもいいような事柄、女性くらいにしか興味を持たれなそうな女性の関心事についての物語、という意味だ(バッハマン自身はもともと、その本を故郷オーストリアの女性たちへのオマージュの一種だと考えていた)。

バッハマンの短篇集が出版されたのと同じころ、エリザベス・ハードウィックは自分の小説のなかにこう書いていた。あなたは幸せな女性を知っていますか? やじを飛ばした男たちは平服の警察官だったらしい。女は逮捕された。彼女がどうなったのか、わたしは忘れてしまった。

インド北東部に住むボド族の言語、ボド語には「オンスラ」という単語がある。ある人が、相手と育んできた愛情が長くは続かないと気づいたときの辛い気持ちを表現するのに使われる。この単語と同じ意味の言葉は英語にはないので、「最後の愛(to love for the last time)」と訳されてきた。誤解を招く訳だ。英語を話す人のほとんどは、「最後の愛」とはその人がようやく見つけた真の永遠の愛のことだととらえるだろう。キャロル・キングの作曲した「ラブ・フォー・ザ・ラストタイム」がそのいい例だ。でも、最初に「オンスラ」の訳について聞いたとき、わたしはまったく別の意味だと思った。あまりにも圧倒的な愛、激しく深い愛を経験してしまったせいで、もう一度愛することなどけっしてできないということだと思ったのだ。

ロマンスというくくりの女性小説のジャンルはまったく好きではないが、恋をしている女性の物語には夢中になる。ことに、その恋がなにかしら型にはまらない部分があるとか、とりわけ難しい状況、ときにはまったく望みがない状況だとか、あるいはずばり、正気の沙汰ではない場合。『奇妙な恋する女たち』。そんな短篇集のタイトルによさそうだ。

たとえば、伝記作家のリットン・ストレイチーを愛した画家のドーラ・キャリントン。ストレイチーがゲイ（ヴァージニア・ウルフに結婚を申し込んだことがあるというのに）であるにもかかわらず、ストレイチーがキャリントンより十三歳も年上であるにもかかわらず。始まりからすでにスキャンダルだったふたりの物語は、まさに語り草となった。実際、キャリントンの描いた絵ではなく、彼女のリットンへの終わりのない、希望のない恋、そしてそれが彼女の人生をどのように変え、どのように彼女の死を招いたかということのせいで、彼女は有名だ（そんなふうな女の話）。十七年のあいだ、キャリントンはストレイチーに愛情を捧げた。別の男性と結婚しても、ストレイチーと離れることはできなかった。三人いっしょに暮らしたのだ。ところが、結婚相手の男を欲望の対象としたのはキャリントンではなく、ストレイチーだった。結婚に同意したあと、キャリントンはストレイチーに痛ましい手紙を書き、自分たちふたりが夫と妻になれなかった運命を嘆く。そのあと三人そろってベニスに行き、新婚旅行を楽しんだ。

ストレイチーが胃癌で死んでから二カ月もしないうちに、キャリントンは銃を自らに向け、死んだ。自分の胃に向けて。もうすこしで三十九歳という若さ。自殺を試みたのはそれが初めてではなかった。「わたしにできることはもうなにもない」とキャリントンはその前日にウルフ夫妻に言っている。「リットンのためにすべてのことをしたから」

家には銃がなかったので、キャリントンは隣の家から借りた。砂糖を借りてくるみたいに。ウサギ狩り用の銃（「取り残された小動物のようだった」というのが、ヴァージニア・ウルフがキャリントンと最後に別れたときに思ったことだった）。その役を担う武器としてはふさわしくない気がする。死に際が長く、じわじわと苦しむことになるから。

D・H・ロレンスはそのテーマにひどく取りつかれていたし、自分が書かなきゃ誰が書くんだくらいの自信があったので、『恋する女たち（*Women in Love*）』というタイトルでまるまるひとつの小説を書き、キャリントンが「本物の」男を憎んでいたと非難した。小説のなかの女性のひとりはカリカチュアだ。可愛くて、無邪気に見えるミネット・ダーリントンは、胸の奥ではみだらな変態。そしてキャリントンのような芸術家ではなく、芸術家のモデル（どぎつい風刺）だ。

それから何年もあとに書かれた短篇のなかで、ロレンスが明らかにキャリントンをネタにしたであろう登場人物は、輪姦《りんかん》されて自殺する。

Ⅵ

また友人に会いに行った。治療がうまくいかなかったのだ。腫瘍が広がっていて、友人は再び入院していた。

わたしは前と同じ部屋を予約した。

いらっしゃればわかることですが、とホストはメッセージを送ってきた。我が家に新顔が加わりました!

子猫です。瞳はバーボン色、アザラシみたいになめらかな毛はシルバーグレー。

孫たちに名前をつけさせるんじゃありませんでした、とホストは言う。鼻くそ《ブーガー》なんて呼ばれてるんですから。

保護猫です。ゴミ箱に閉じこめられていたところを保護されたんです、とホストは説明する。ひどい脱水状態で、骨と皮ばかり。すぐ死んでしまうだろうと思われていたそうです。なのに、ほらいまのこの子を見てくださいよ！

猫に九生ありって言いますものね、とわたしは友人のことを考えながら言った。ひどい脱水状態で骨と皮ばかり。

彼女は怒っていた。友人の話だ。とても怒っていて、目に映るものをなんでもめちゃくちゃに壊したくなるのだと言った。神様は別。友人は神に怒ってはいなかった。当然だ。神を信じてはいないから、と友人は言う。それにもちろん、担当医にも怒っていない。友人は担当の腫瘍専門医と、担当の医療チームを崇拝していた。誰もが友人のためにできるかぎりの手を尽くしていたし、親切にしてくれた。ではなにに怒っていたのか？　自分に、と友人は言った。わたしの最初の直感は正しかった、と友人は言う。それに従うべきだった。あんな拷問みたいな苦しみを耐えるべきじゃなかった。嘔吐《おうと》、下痢、疲労感。それはそれは、ぞっとするほどの。なのに、結局……。

偽りの希望、と友人は言う。あんな偽りの希望に騙されちゃいけなかった。騙された自分が一生許せない、と友人は言っていったん口をつぐむ。一生。まるで、その言葉がいまだに「この先、長いあいだ」を意味することができるとでもいうように。

っていうのが、いまの状況、と友人は言う。どのくらい残されてるのかって？　数カ月、かな。長くて一年。でも、たぶん、そんなには長くない。

取り乱さないようにしてる、と友人は言う。冷静さを保とうとしてる。そこらじゅうのものを蹴飛ばしながら、叫んだりしたくない。〝ああ、ああ、なんでわたし？　なんでわたし？〟とかね。怒りにまかせて暴言を吐いたり、自己憐憫《れんびん》に溺れたりもしたくない。そんなふうにして死ぬのは、誰だっていやだよね？　恐怖のせいで半分おかしくなって死ぬなんて。

でもね、間違えないで、と友人は言う。わたしは我慢強くなんてぜんぜんない。辛い痛みをずっと味わいつづけるのはいや。痛みは怖いのだと言う。なにより怖いのだと言う。だって、痛がっているときは、冷静でいられないから、と友人は言う。そんな痛みを味わっているときは、思考力が働かない。手に負えない動物になっていて、ただひとつのことしか考えられない。

老いて体が弱るのとはわけが違う、と友人は言う。これまでの人生、友人は健康に気を配ってきた。ところがいまは、その配慮、つまり日ごろの運動と健康的な食生活のせいで、むしろ辛い目に遭うことになるんじゃないかと思っている。心臓が強いですねと医者に言われた、と友人は言う。それが、体は闘いつづけようとするってことだとしたら、わたしは最後の最後まで苦しみつづけなくてはいけないってことだとしたら、どうしよう？

父がそうだったから、と友人は言う。医師にはあと数日だと言われたのに、結局、数週間もった。父は生き延びて、生き延びて、ようやく死んだときには、すっかりおかしくなっていた。ひどい死に方だった、と友人は言う。残酷だった。人はあんなふうに死んじゃいけない。

人はどんな死に方をすべきか、と友人は言う。トリセツが欲しい。ああ、でも、本はだめ。友人はなにも読みたくないし、研究なんてしたくないと言う。笑えるよね、と友人は言う。だってしばらくのあいだ、それこそが、わたしのしたいことだったんだから。というか、したいことだと思ってた。つまり、自分を教育すること。癌についてもそうしたみたいに、可能なかぎり調べて理解すること。ああ、ほんとに、山ほど知識を身につけた。すばらしく面白いこともたくさんあった。夢中になってしまうことさえあった。その知識のなかに身を埋《うず》めて、読んでるうちになにを読んでるかも忘れて、ってこれ、言ってる意味わかるかな。つまり、ときには、読んでるもののなかにどっぷり浸かって、自分がこれを知ろうとしているのはなぜなのかも忘れてしまう。それが読書の醍醐味《だいごみ》だよね。なにもかも忘れて没入する感覚。でも、すべて変わってしまった、と友人は言う。死ぬことについての、死についての本なんて読みたくない。それについて偉人や哲学者が言ったことなんて読みたくない。世界一賢い人が、そのテーマについて書いた、世界一すばらしい本のタイトルを教えてもらえたら、わたしは絶対にそれに手を触れないようにする。そんな本、どうでもいい。自分がいまどんな思いをしているかについて書きたいとは思わないのと同じで。残りの日々を、あのおなじみの苦しみ、つまりしっくりくる言葉を探す、あの苦しみを味わいながら過ごしたくない。いま思えば、あれはわたしの人生にかけられた呪いみたいなものだったから。ただ、そう思ったことに自分でも驚いた、と友人は言った。なぜなら、最初は、当然それについて書くべきだし、書くだろうと思ったから。最期のことについての、わたしの最期の本。唯一無二のことについての、〝名高きもの〟についての、とでも言うべきかな、と友人はヘンリー・ジェイムズの言葉を引用した（ヘンリー・ジェイムズが死を前にして死を表現した言葉とされる）。それについて書かないなんて、それこそありえないと思った、と友人は言う。でもすぐに気が変わった。気か変わったの、と友人は繰り返した。そして、もう心は変わらないことはわかってる。これからわたしがどんな思いをしていくかについて書くと考えただけで、気分が悪くなる、と友人は言う。もうじゅうぶん気分は悪いんだけど。文字通り、死にそうなほど気分が悪いわけ。ほんとに、文字通り。なんてね、と言って友人は笑った。ほらね、またこうやって、言葉なんてもので遊んでしまう。でも言いたいのはね、もうじゅうぶんだってこと。言葉はもうやるだけやった。書くのはうんざり。言葉を探すのもうんざり。言うべきことはじゅうぶん言った。言い過ぎたくらい。できたら——わたしの言ってること、辻褄《つじつま》あってる？

わたしは友人の話はちゃんと辻褄があっていると請け合い、もっと話してと促した。

それについて書くなら、なにか新しいことを見つけたらにしようと決めたんだ、と友人は言った。そんなことは起こらないけどね。

よい死に方、と友人は言う。誰もがみんな、それがどういう意味か知ってる。痛みがないこと。すくなくとも、身もだえるほどの苦しみはないこと。心を落ち着けて、すこしの威厳を持って逝くこと。きれいな状態で。でも、そんな死って、どれほどある？　実際のところ、そう多くはないよね。それはどうして？　そういうふうに死にたいと思うのは高望みなの？

友人は、今度はあなたが話して、と言った。もうこれ以上、自分の声を聞いていられない。

前回来たときと同じように、わたしは普通のことを話そうとした。読んだ本、観た映画。けれど、いつしか沈黙に吸いこまれてしまう。友人は沈黙に耐えられずにまた話しだす。

昨日、誰が来たと思う？

友人は、わたしは話に聞いて知っているだけだけれど、友人とは大学でジャーナリズムを学んでいたとき以来ずっと、いい友人関係にある人の名前を言った。その男性は、新聞編集の職場と、教職を追われたのだが、それは、六件もの性的不品行行為で告発されてから数時間後のことで、その性的不品行行為のなかには、授業補佐《TA》との不倫もあった。

ずっとそういうやつだったの、と友人は言う。ハーヴェイ・ワインスタイン（ハリウッド映画のプロデューサーで、長年の性暴力を告発されて有罪になった）についての悪いジョークみたいに、母親の体をまさぐりながら子宮から出てきたようなやつ。二十代ですでに、エロおやじだった。いつも色目を使い、舌なめずりをして、女性に手を出さずにはいられなかった。あいつにかける言葉が見つからなかった、と友人は言った。一瞬にして人生が崩れ落ちたんだから。実は自殺まで考えたんだって、と友人は言った。想像してみて。あなたの座ってるそこにあいつが座ってた。ぜんぶ終わりにしたほうがいいのかもしれないと言ったあと、はっとして、こんな無神経なクズでごめんと謝るわけ。それからね、と友人は声を一段大きくした。泣きだしたのよ。大丈夫だよって何度も言ってあげた。だってここで横になったまま、あいつが泣いたり謝ったりするのを聞くのは耐えられなかったから。でもね、ジーザス・ユー・ノー、大丈夫じゃない。大丈夫なはずがない、と友人は断固とした調子でわたしに言った。

わたしが我慢できないもののひとつがあれだね、と友人は続ける。ひどいやつだと思ってくれてかまわないけど、わたしの前でめそめそうじうじ泣くのは無理。それは受け入れられない、と友人は言った。あいつに打ち明けなけゃよかったと思ってる。でも、昔からの友だちだからね。それに、いまのところ、たくさんの人に話したわけじゃない。で、実は、それこそが、わたしが考えはじめないといけないことじゃない？　と友人は、わたしの意見を聞く気もないのに疑問形で言った。誰に伝えるべきか、伝えるべき人にどうやって伝えるか。あと、さらに重要なのは、誰に会いたいか。考えなきゃいけないことはたくさんある。リストを作ってたんだ。ほら、みんなに別れを告げなくちゃいけないから。どうしたらいいかな――パーティでも開く？　いや、本気なんだって！　フェイスブックで告知する？　そういうの、見たことあるから。もちろんわかるんだけどね、わたしにはかなり違和感がある。そういうのをする気になるとは思えない。

　わたしは、なにもかも一日で決める必要はないよと言った。そしてもし本当に執筆をしないつもりなら、病院を出たあと、どんなふうに過ごしたいか考えているのかと尋ねた。あと、どこで過ごしたいか。行きたいところはあるのかと訊いた。旅行は、たいていの人のバケツリスト（死ぬまでにやることリストの意）の上位にあると知っていたからだ。バケツリストという言葉自体に関しては、友人が癌の診断をされるずっと前に、こき下ろしていたのを聞いたことがある。これ以上、みっともない言葉ってないよね？

　わからない、と友人は答えた。宙で力なく片手を振る。これはわたしが気づいたパラドックスなんだけどね、と友人は言う。自分がもうすぐ死ぬんだってことは知ってる。でも、ここで横になって考えてると、とくに夜なんかは、自分が世界じゅうの時間を手にしているような気がしてくる。

それが永遠性なんだね、とわたしは口には出さずに言う。

永遠性みたいなものだね、と友人は黙って同意する。

ときどき、時間がもうすこし速く進めばいいのにと思ってる自分に気がつくことがある。その日が早く終わればいいのにって。それからさらに言う。おかしなことだけど、よく退屈だと思うんだ。

これからこういうことを、あなたはどんな思いで乗り越えていくんだろう、とわたしは思う。

ほんとに、どうするんだろう、と友人が心で返す。

ちょっとした発見じゃない？　と友人はわたしに言う。もし、死が退屈なものなのだとしたら。

友人のスマホが鳴った。娘からだ。飛行機が到着して、もうすぐここに来るらしい。途中で買ってきてほしいものはある？

この中断のあいだに、わたしは深呼吸をして気持ちを落ち着ける。

ああ、見て、と友人が言う。病院の窓の外は、雪が降っていた。そしてちょうど太陽が沈もうとしていたところだったので、夕暮れに染まる雪がピンクに見えた。

ピンクの雪、と友人が言う。よかった。生きているあいだに、こんなものが見られた。

この子はまだ子猫なんです、とホストが言った。子猫である彼のことをとてつもなく自慢に思っていることがわかる言い方だ。そりゃもうにぎやかだし、いたずらすることもあるんです。しかも夜にうろうろするんですよ。お邪魔をしては大変ですから、お部屋のドアをしっかり閉めておいてくださいね。

ナイトテーブルの上に同じ本が積んであり、いちばん上に同じペーパーバックのミステリが載っていた。

殺人犯はバーで出会った女性と親しくなる。ブロードウェイスターになる夢を抱いて中西部から大都市に出てきた若い女優だ。女優は彼のことをむっつりしていて、いらつくほど秘密主義だと思うが、殺人を犯しているとは思いもよらない。殺人犯はこの女優との交流のなかで、「文化的になりたい」という自分の夢に気づく。女優は彼に本を貸し、芸術性の高い映画や美術展に連れていく。さらに重要なのは、彼をディスコに夢中にさせたことだ。時代は『サタデー・ナイト・フィーバー』全盛期。殺人犯はなんと、すばらしくダンスがうまくて、すぐにフロアのキングとして名を馳《は》せるようになった。女優にダンスを習ったらと言われると、全力で向かっていく。週六で教室に通い、上達があまりに速いので、プロとしてやっていくことを真剣に考えはじめる。いまや、人生はすっかり違ったものになっている。彼がこれほど幸せだったことはない。ところが、ひどい腱炎《けんえん》になってダンスをやめざるを得なくなり、彼は打ちのめされた。どれほどすばらしい才能があっても、どれほど一生懸命練習しても、習いはじめるのが遅すぎたせいで、有名になることができないんだと、殺人犯は苦々しく考える。

殺人犯はジョン・トラボルタのことをたくさん考えた。殺人犯とトラボルタには多くの共通点があるとわかったのだ。誕生日も同じ、身長も体重もまったく同じ、出身はどちらもマンハッタン郊外で、子どものころ、ダンス大会でツイストを踊って賞を獲り、フットボールをする父親がいた。ところが、母親がまったく違ったのだ。トラボルタの母親は自身も女優で歌手で、息子がショービジネスの世界でキャリアを積むことを応援し、幼いころは自ら指導した。いまや、殺人犯は、脚の痛みよりもこの問いに苦しめられている。もし、ジョン・トラボルタの母のような人が自分の母親だったら、自分の人生はどんなものになっていただろう？

殺人犯は、ジョン・トラボルタに対する怒りをたぎらせる時間が、日に日に増えていった。ジョン・トラボルタが高音の「なよなよした」声で歌う「想い出のサマー・ナイツ」（映画『グリース』の挿入曲）が頭から離れず、おかしくなりそうになった。できることなら、ジョン・トラボルタを殺していたはずだ。

それで、代わりにダンス教室の生徒仲間を殺す。ある晩、教室帰りにブルックリンにある彼の家まであとをつけたのだ。そのほかにも、リバーサイドパークでセックスしたあと、相手の女子大生を衝動的に絞殺する。

警察は、この殺人犯の手による四つの殺人事件を結びつけられない。警察がそれぞれの事件の捜査に手間取っているあいだ、殺人犯はなんの疑いも持っていない女優（ちょうど大都市での成功を手にしかけているところ）とまだつるんでいて、女優の若い芸術家仲間ともつきあっている。

猫がやってくる。霧のような小さな足音で（カール・サンドバーグの詩「霧」の冒頭「霧はやってくる、小さな猫足で」のもじり）。彼がベッドに跳びのってくるまで、わたしはまるで気づかなかった。わたしの頬をくんくん嗅ぐときに当たる髭がくすぐったい。さっきまで暖炉のそばで寝そべっていたはずだ。満足気に喉を鳴らす猫の横に転がって、その温かい毛から漂う薪を燃やした煙のにおいを嗅ぎながら、彼が羽根布団を足でもみもみしているのを見ている以上に居心地《ヒュッゲ》のいいことなんてあるだろうか？

わたしは本を閉じ、明かりを消した。

ぼくにはちゃんとした家があったんだ、と猫が言った。ゴロゴロという喉の音が重なってはいたけれど、言葉はちゃんと聞き取れた。贅沢三昧ってわけじゃないけどね。でも、毎日、食べ物にきれいな水、乾いた寝床があった。あのころのぼくは、それ以上のものがあるなんて知らなかったし。生まれたのはシェルターのケージのなか。まともな人間と暮らすと、どれほど暮らしが素敵なものになるのか、知らなかったんだ。とくに、その人間がある程度年のいった女の人で、連れ合いがいないならね。

ぼくはペットじゃなくて、ネズミ捕りとして引き取られたんだ、と猫は言った。最初の家は、ここみたいないい家じゃなかった。家でさえもなくて、店だった。幹線道路のすぐそばのコンビニ。店主は車椅子の老人で、奥さんと息子もいた。

ぼくは自分の仕事をしたよ、と猫は言った。ネズミを追い払い、その代償としてもらったのが寝床、っていっても、ダンボール箱のなかにぼろっちいバスタオルがたたんで敷いてあるだけだったけど、とにかくその寝床と、ボウルいっぱいのキャットフード。まあ、とにかく、それだけ。それがぼくの暮らし、ぼくの世界のぜんぶだった。そこの人たちは、人間としてはとりわけ悪い人たちじゃなかったけど、猫好きってわけでもなかったんだ、ほんと、ぜんぜん、と猫は言った。ある日、じいちゃんが通路を車椅子で進んでるときに、その膝めがけてジャンプして、結局、シリアルの箱の列に突っこんじゃってたっていう失敗をしてからは、ぼくはそこの人たちと距離を取るようにしてたけどね。ぼくたち猫に対する人間の反応の幅の広さったらすごいもんだよね、と猫が言う。人によっては、人間の子どもみたいに大事に思ってくれるのに、植木とたいして変わらないと思ってる人もいる。かと思えば、ぼくらが汚らしい害獣で、棒きれみたいに心もないし、なんの権利も認めないと思ってる人たちもいる。

コンビニが営業している長い時間のあいだ、たくさんの人が行き来したよ、と猫は言う。でもぼくは店の奥にできるだけ引っこんでたから、気づかれることはめったになかった。こっちは全員に気づいたけど、みんなの膝より上を見てみようって気にはめったにならなかった。ほんとはね、ぼくたち、言われてるほど好奇心があるわけじゃないんだ。すくなくとも、知らない人間に関してはね。ぶっちゃけ、みんな似たりよったりだしさ。そこに住むようになったばかりのころ、お母さんのことをよく考えた（たまたまだけど、ぼくはもらわれたのが最後だったから、ほんの

二、三日のあの至福の日々、お母さんを独り占めできたんだ）。お母さんに会いたかった。会いたくて泣いた。でもぼくは猫だから、と猫が言う。新しい環境にすぐ慣れたんだ。

ここに、この家に来たときはね、そりゃもういろんなことがあったあとだった。二度目のシェルター生活を経験したりね。お母さんの気配はもうなくて、においさえ消えてたけど。とにかく、そのあとだったのに、また生まれたてみたいな気持ちだった。自分がまったく無能で弱いように思えて、怖かった、と猫は言った。で、ここのご主人がぼくを引き取ってくれて、あったかいミルクの入ったボウルを出してくれたり、濡れた手ぬぐいで体を拭いてくれたり、柔らかくて清潔な布を寝床に何枚も敷いてくれたり、ぼくが新しい家の部屋をひとつひとつ探索している後ろをうろうろしてたりするのを見て、お母さんがいるってどんな感じなのかを思い出した。ぼくはふたり目のお母さんを見つけたんだって、わかったんだ。

事件が起きたのは真夜中だったんだけど、運よく店はまだ開いていた、と猫は続けた（もう喉をゴロゴロさせていない）。カウンターの後ろで息子がひとりで働いていて、ぼくは自分の箱のなかで寝ていた。そのとき、地下から煙が上がってきたんだ。ぼくたちはすぐに店を出た。息子がぼくを気にかけてたわけじゃないけど、ぼくはドアから外に出る息子のすぐ後ろにぴったりくっついてった。幹線道路を走って渡ってから、どうしたらいいかわからずその場でうずくまっていた。消防車が何台か来ると、ぼくはもう耐えられなくなった。そのあと数日のあいだ、サイレンが耳のなかで鳴り響いてたくらいだよ。だから走った。走って走って、疲れて走れなくなるまで走った。その夜は凍えるような寒さだったんだ、と猫は言った。それに、ぼくは外にいるのに慣れてなかった。耳や足の感覚がなくなると、ずっとこのままなんじゃないかと怖くなったんだ！　どこかんちのポーチの下にもぐりこんだのは、そこだとちょっとは安全な気がしたからだ。暖かくはなかったけどね。夜が明けて家にもどると、もうそこは家じゃなくて、くさくてびしょ濡れの、真っ黒な残骸でしかなかった。入り口は鍵とチェーンで閉まってた。ここのうちの人がいる気配はない。

ぼくはそこに呆然として座ってたんだ、と猫が言う。どうすればいいかわからなくてさ。車は何台も通ったし、何事なんだとびっくりした人がスピードを落とした車もすこしはあったけど、駐車場に停めた車もなかったし、ぼくに気づいた人もいなかった。ぼくは小さいし灰色だからさ、と猫が言う。見過ごされやすいんだ。

すると二台の自転車が近づいてきた。乗ってる子たちをぼくは知ってた。悪ガキ。かなり厄介なやつらで、よく学校をサボってる。店にじいさんしかいないときを狙ってチョコレート菓子とかポテトチップスとかをくすねて、どうにもできずに怒るじいさんを嘲笑《あざわら》ってから、自転車で逃げたのは一度や二度のことじゃない。

なんであいつらに捕まっちゃったのか、ほんとに恥ずかしい話なんだけどね、と猫は言う。でも、ぼくがすごく腹ペコだったってことを憶えててくれたら、ひとりが丸めたホイルをぼくのほうに押しだして、遠くからでもわかるような、神々しいほどの魚のいいにおいがしてきたときに、ぼくがどんな気持ちになったかわかってもらえると思う。弱ったぼくの首筋をつかんで捕まえるなんて、ちょろいことだったと思う。もうひとりが尻尾をつかんでぼくをぶらぶらさせた。ふたりは悪魔みたいに雄叫《おたけ》びを上げたり、大声でくっちゃべったりしながら歩いていき、店の裏にあるゴミ箱までぼくを運んだ。なかにぼくを投げ入れ、蓋をねじってきっちり閉めたあと、ゴミ箱の側面をがんがん蹴っていたけれど、飽きるとどこかに行ってしまった。

ぼくはゴミ箱の底に座っていた。暗くて寒くて湿ったゴミ箱だ。なかは空だったけれど、汚れてベタベタしてたんだ、と猫が言った。震えが止まらなかったよ。次はなに？　あの狂暴なやつらはぼくを始末するためにもどってくるの？　でももしもどらなかったとしても、ここからどうしたら出られるんだ？　ぼくは鳴きだした。できるだけ大きな声でね、と猫は言った。そのがんどうのなかにいると、とにかく大きく聞こえた。でも、誰にも聞いてもらえなかった。誰も来なかった。すぐに鳴き声も出なくなった。それでも、口を開けたり閉じたりして、無音でミャーミャーしていた。ぼくたち猫は、絶望するとそういうことをするんだよ。

うつらうつらくらいはしたんだと思う、と猫は言った。でも、寒さと飢えと喉の渇きのせいで、だいたいは起きていた。起きていたけど、頭は動いてなかった。もう自分の頭を動かすこともできなくなってた。さらに深く、暗く、冷たいところにすべり落ちていくような気がしていたとき

——声がしたんだ。

うへえ、ネズミだぞ。

見上げると、青空を背景に、大きな頭の影が覗いている。ふたつ目の頭が現れて、別の声がした。ネズミじゃねえよバカ、猫だって。

そうか、なんだ、と最初の頭が言う。出してやろうよ。

やめとけ、ともう一方が言う。病気っぽいぞ。狂犬病持ってるかも。動物虐待防止協会に電話して、任せようぜ。

そういうわけで、と猫が言う。また喉をゴロゴロさせながら。ぼくはまたシェルターにもどってきた。体調が回復してから、ある日、ほかのたくさんの猫や犬といっしょにバスに乗せられ、ショッピングモールに連れていかれた。

ビギナーズラックっていうのかな。ぼくは初参加の「レスキュー・ミー・デイ」でもらってもらえたんだ。お母さんと再会できたら、それがいちばんだし、そう願ってた。でも、それが叶わないなら、二番目にいいのはここのご主人。ご主人はぼくの二番目のお母さんなんだ、と美しいバーボン色の目をした、シルバーの毛の猫が言う。

その晩、猫はほかにもたくさんの物語をしてくれた。あれは本物のシェヘラザード（『千一夜物語』の語り手）だった。でも、わたしが朝になっても憶えていたのは、その物語だけだった。

Ⅶ

隣人に会いに行った。八十六歳の女性で、同じアパートメントの一階の部屋で、二十年前に夫が亡くなってからひとりで暮らしている。隣人はかつて、ここの市役所のどこかの課で、管理補佐として働いていた。退職すると、地元のドラッグストアのレジ係の職を得たけれど、何時間も立ちっぱなしなのがいやで、ほんの数ヵ月で辞めてしまった。若いころにベビーシッターをすこししたのをのぞけば、管理補佐とドラッグストアのレジ係が、人生でした仕事のすべてだった。初めて隣人の家を訪れたとき、わたしは学校を卒業してからどれほどいろんな仕事をしてきたかを話して驚かせてしまった。なかには、なかなか思い出せない仕事もあったのだ。でも、彼女にとって、それよりさらに衝撃だったのは、わたしが結婚したことがないことと、子どもがいないことだった。なにかしらの不幸でそうなったのではなく、自分で選んだことだというのが、彼女にはとうてい受け入れられなかった。

隣人にはオールバニに住む息子がいて、月に一、二回会いに来る。たいていは日曜日で、いつもひとりで。妻とは離婚していた。彼には子どもと孫が数人いたけれど、誰も隣人に会いに来ないし、隣人は旅行をいやがったので、隣人はひとりも会ったことがない。息子だけが毎月一、二回、日曜日にオールバニから車でやってくる。息子はオールバニの法律事務所で会計士をしていた。

息子は、よく母親を外に連れ出していた。わたしは芝居や映画を観に行く親子に会うことがあった。近くの中国料理店にいるところを窓越しに見かけたりもした。隣人は百五十センチあるかなしかで、背中にこぶがあるせいで、顎が胸骨にくっつきそうだった。弱々しいはずなのに、こぶのせいで、どこかたくましい、なんなら威嚇しているような雰囲気さえある。頭突きを食らわせようと向かってくる動物のような感じだ。話しかけるときは小さな子ども以外の誰に対しても、必ず辛そうに目を細める。息子は手足がひょろ長く、隣人に付き添ってしゃべりながら歩くとき、歩幅を小さくして、柳がしなるように体を横に傾けなくてはいけなかった。遠目で見ると、母と息子というよりは、父と肥満気味の子どものようだった。ところが最近はふたりが歩きながらしゃべっている姿を見かけなくなった。息子は母親を外に連れ出すことができなくなったのだ。しばらくのあいだは、アパートメントの中庭に置かれたベンチまではどうにか連れてくることができていた。ところが、母親はじっと座っていられなかった。中庭に面した窓から住人の誰かに見られてしまうのがいやだったのだ。みんなご近所さんだからいいじゃないかというのは通用しなかった。まず、ご近所さんだろうとなかろうと、ほとんど全員が、隣人にとって知らない赤の他人だったからだ。このアパートメントには長く住んでいて、実は、誰よりも長く住んではいるのだが、ここに友だちはいない。長年のうちに友だちになった人はいたけれど、引っ越してしまったり、隣人の夫のように、そして、ほかの友だちみんなと同じように、死んでしまったりした。

こういう恐怖、つまり、見られている、見張られている、探られているという恐怖は、隣人の心を日増しに疲弊させていた。さらに悪いのは、騙されている、かつがれているという恐怖だ。

年齢のせいもあると思うんです、と息子がわたしに言った。よく知られたことですが、老人は偏執的になることがありますよね。でも、母は気がおかしくなって自分が狙われていると思っているわけじゃないんです。母の電話は日がな一日鳴ってるんですけど、と息子は言った（息子の言う電話は固定電話のことだ。隣人は携帯電話を持ったことがなかった）。それがどれもこれも詐欺まがいのものばかり。こういう電話は誰にでもかかってきますが、ある年齢を過ぎると、巨大な標的にされたみたいになってしまうんですよ。早口の語りには戸惑うし、名前を呼ばれたりすれば怖くなってしまいます。どうやって名前を知ったのか。どうやって電話番号を知ったのか。もちろん、母はこの手の人たちがなにをしようとしているのかはわかってますから、守りを固くしなくてはなりません。母は、こういう悪人に引っかかってしまうんじゃないかと恐れながら暮らしているんです。最近ではニュースで聞いた話に取りつかれたようになってます。電話の相手に貯金を騙し取られたことを恥じて、自殺してしまった女性の話です。その哀れな女性は、愚かなことをしたと家族に知られて無能の烙印《らくいん》を押され、自由を奪われるのを恐れていたようです。いまや、それが母のいちばんの恐怖なんです、と息子は言った。わたしが「老人ホーム」なんて言葉を口にしたら最後、縁を切ると母に言われているんです。まあ実際、母は年の割には、ひとりでうまくやっているんですけどね。

彼と話したのはそれが初めて。二年前、アパートメントの中庭のベンチでの会話だった。中庭で座りこむなんてことは、いままでわたしはしたことがなかったのだが、たまたまオーブンでなにかを焦がしてしまい、部屋の空気を入れ替えるあいだ、時間つぶしをしていたのだ。彼は母親を訪問中で、一服するために外に出ていた。気温の高いからっとした日で、中庭の木々が濃い影を落とし、アーチをつたうバラが咲き誇っていた。都会とは思えないほど甘やかな空気。ずいぶん長いこと、タバコを吸っている人の近くにいたことがなかったけれど、不快に思うどころか、そのにおいを嗅いで郷愁をかきたてられた。十代の若者がぎゅうぎゅう詰めになった車、徹夜の大学生たち、ドラッグ、ロック、カクテル、セックス。彼が気を遣ってタバコの煙を自分の肩の向こうに吐くのではなく、わたしの顔めがけて吐き出したとしても、気にならなかったはずだ。

せっかく母を訪ねてきたのに、今日は邪魔が入ってばかりでした、と彼は言った。おめでとうございます、たったいま宝くじに当選しました。先日あるホテルにお泊まりになりましたが（実際のところ、母は人生でたった一回しかホテルに泊まったことがないんですよ。それも新婚旅行のときで、もう六十年以上も前のことですけど）、いまならその特典を受ける資格がおありです。

匿名のご友人からお礼のギフトが届いています。ご注文された特殊な人命救助装置の発送準備が整いました。無料の旅行、新しいクレジットカード、承認済みのローン、あなたにぴったりの健康プラン、無料のホームセキュリティシステム。銀行口座を守るため、個人情報を確認しなくてはいけません。お孫さんを留置所から釈放するためにお金が必要です。別のお孫さんが誘拐されて、身代金が必要です。

迷惑電話お断り番号リストに登録したらどうですか、とわたしは言うと、彼は肩をすくめた。すでに母親の番号を登録したが、電話の本数は変わらなかったそうだ。お母様はなぜナンバーディスプレイを使わないんですかと尋ねると、彼は微笑んだ。発信者番号はもう表示されてるんですよ、と彼は言う。でも、どうやら抗えないらしいんです。電話が鳴ると、母はどうしても出ずにはいられない。かけてきたのが誰なのか、知りたくてたまらないんです！　それに、ちっとも理にかなったことじゃないんですけどね、母はかけてきた相手が悪人だからって、自分の電話が鳴ってるのに出ないで隠れてるなんてことは断じてしないんですよ。しかも、絶対に話をするなと言ってあるのに、相手が自動音声じゃなくて人間だと、ときどき話してしまうんです。母は彼らに尋問を始めます。どうやって母の名前を知ったのか。どうやって電話番号を手に入れたのか。じゃなければ、すこしのあいだ、芝居を打つんです。ほら、ぼけた可愛いおばあちゃんの芝居ですよ。するとと相手は社会保障番号を訊いてくるわけです。わかったよ、ペンを持った？　一、二、三、四、五、六、七、八、九だよ。孫のひとりの身柄を預かっているなどと言ってくれば、母はこう答えます。そうかい、孫ならほかにもいるから大丈夫だよ。それに、その子のことはどうせ、気に入らないと思ってたから。

わたしはこの話を聞いて、ずっとひとりで部屋にいる隣人が、こういう電話を実は楽しんでいるのかもしれないと、ふと思った。迷惑でもあったけれど、ちょっとは娯楽のようなものにもなっているのかもしれない、と。そして別の隣人を思い出した。やはり夫を亡くしてひとり暮らしをしていた年配の女性で、わたしの部屋のドアを定期的にノックして、うるさいと文句を言ってきた。わたしはまったくうるさくしていなかったから困惑したが、そのうち、それが別の意味を持っていることに気がついた。彼女に恐ろしいことが起きようとしていた。注意を引く必要があったのだ。

ときには、母は彼らを更生させようとするんです、と息子は言う。そうしているところを聞いたことがあります。説教を始めるんですよ。どうしてなんの罪もない人を傷つけたがるのか、どうして外に出てまっとうな職に就こうとしないのか。成功したこともあると確信さえしています。先月なんか、自分のしたことを心から悔いていると母に話し、もう二度としないと約束した男がいたそうですよ。

息子は笑った。わたしもいっしょに笑った。息子はタバコを吸い終えたが、母のところにもどらず、ベンチに座ったまま話しつづけた。ふと、息子がどうしてこんなに長く出かけているのかと隣人が心配しているに違いないと思ったが、息子は気にしている様子もなかった。彼がもう一本タバコを出して火をつけたとき、わたしはそれほど驚かなかった。

この先、騙されやすくなってしまうんじゃないかとは心配してますよ、と息子は言った。年を取るほどに物忘れがひどくなっていて、いろんなことが起こるんです。歯ブラシがなくなったと思ったら冷蔵庫のなかにしまってあったり、孫のうち、どの子が誰かもわからなくなったり。それに、母より若かったり、頭がよかったりする人が、毎日詐欺に遭ってますからね。

わたしは、母親が介護施設に入っている友だちのことを思い出した。母を訪ねていくとさ、と彼は言った。おまえもいい娘を見つけて所帯を持つころじゃないかみたいなことを言われるんだ。そのたびに、いや、母さん、おれはゲイだよ、忘れたの？ って返すんだ。これが何年も続いているという。彼は母親と会うたびにまた最初からカミングアウトしなくてはいけないのだ。

とても滅入ります、と中庭の男は続ける。老人に起こる悪いことが、まだまだ足りないって言うんでしょうか？ この社会はなんて有害なんでしょう。しかも腐ったリンゴは一個や二個じゃないんですよ。みんなで寄ってたかっていちばん弱い者を餌食にしようと狙いを定めているみたいです。とても理解できません。哀れな誰かの生活をめちゃくちゃにしたら、あいつらはどんな気分になるんでしょう？ 犠牲者の金をなにに使うにせよ、やつらは楽しめるものなんでしょうか？ 誰かの不幸を食い物にして、鏡のなかの自分を直視できるんでしょうか？ 鏡の自分になんと声をかけるのでしょうか？

わたしは言った。たぶん、そういう人たちは、ただのお金じゃないかとか言うんですよ。実際誰のことも傷つけていないし、殺人とかレイプとか、性的虐待とかみたいな、本当に邪悪な犯罪とは違うとか言うんですよ。きっとひとり残らず全員が、自分たちが犠牲者だったときのことなんかに話を逸らせるはずです。自分たちがなにかしらの被害を受けたときのことですよ。ことに、若くて自分を守れなかったときの話です。そして、あのとき、誰が心配してくれたのかって。誰が自分たちの面倒を見てくれたのかって。きっと、みんな、自分の物だったはずのなにかを騙し取られたときのそのやり方を、十は挙げられるはずですよ、とわたしは言う。食うか食われるかの世界。一歩外に出ればそこはジャングル。自分の身は自分で守れ。なんとかしろ。

そういう人たちは、そんなことを自分に言い聞かせているんじゃないかとわたしは言った。

中庭の男性はわたしを横目でちらりと見た。深いですね、と男はすこしばかりのひやかしをこめて言った。心理学者ですか？

わたしは作家だと答えた。

興味深い、と男性は小さく言った。見るともなしに自分のタバコの煙の動きを目で追っている。

わたしはメリー・ウィドウ殺人犯として知られる男が出てくるヒッチコックの映画（一九四三年のアメリカ映画『疑惑の影』）のことを思い出した。チャーリー叔父さんは金持ちの老いた未亡人たちのことを「肥えて息を切らしている動物だ」と非難し、彼女たちには大金を持つ資格がないと言った。「動物がさらに肥えてさらに年老いたらどうなる？」チャーリー叔父さんにとって、犠牲者は殺されて当然なのだ。

母親が外出するのをやめてしまったので、息子は食料品やその他の生活必需品を定期的に部屋まで配送してもらえるよう手配し、週一回、家事代行サービス業者から清掃スタッフを送ってもらうことにした。それでも、ずいぶん長いあいだ掃除していないところがあると言う。たとえば、窓。これについては、わたしが隣人を訪ねるようになってから、なるほどとわかった。こうした訪問は、その日、隣人の息子と中庭でおしゃべりしなければ、絶対になかったことだと思う。

ハリケーン・サンディが直撃してアパートメントが数日のあいだ停電になったとき、息子は母が寒くて暗いなかひとりきりでいると考えると、いても立ってもいられなかった。なんとか電話は通じていたんです。でも、と息子は言う。次の災害時、ってほら、必ず次はありますからね、とにかくそのときには、なにが起こるかわかりません。何年ものあいだ、近くに引っ越してくるよう説得してきたが、隣人は頑として譲らなかった。

母は昔から、ちょっと頑固なところがありましてね、と息子は言った。でも、まあ、忘れてください。硬きことジブラルタルの岩（イベリア半島の岬をなす巨大な一枚岩。長い包囲戦に耐えたことにちなみ、難攻不落を意味する）の如し、ですよ。

この時期は、わたしの人生のなかでもどん底で、はかりにかけると、不幸に感じることのほうが、ありがたいと思うことよりも優位にあるように感じていた（精神衛生上とても役立つと聞いて、ありがたいことリストを作りはじめていた）。落ちこんでいるときに気持ちを上向きにするひとつの方法は、誰かのためになにかをすることだという。この隣人とわたしはまったく知らない間柄ではない。わたしもこのアパートメントに何年も住んでいたし、隣人はなにもずっと世捨て人のように暮らしていたわけではない。ロビーや郵便室で会えば、ひとことふたこと、話をした時期もあった。わたしはその男性の母親の家をときどき訪れること、緊急時には様子を見に行くことを承諾した。それほど大変なことを頼まれてしまったとも思わなかった。別のアパートメントに住んでいたとき、まだ若いけれど障害があって家からなかなか出られない隣人のために同じことをしたことがあった。それに、白状すれば、そんないいことをして帰ってくれば、台所仕事がはかどったり、うまくすれば本職の仕事がいくらか進んだりすることになるかもしれないなどと、まだ実行してもいないのに期待したりもした。なにしろ、いまの憂鬱のいちばんの理由が、しばらく仕事をしていないということだったから。

連絡先を交換してから、息子は何度もお礼を言ったあと、儀礼的にわたし自身への興味を示した。どんなものをお書きになっているんですか？　当ててみましょう。ロマンス。

そのとき、頭上の、二階の部屋の空いた窓のひとつから音がした。悲鳴だ。女性の悲鳴だ。わたしたちはそこに座ったまま、一瞬黙った。悲鳴はしだいにうめき声に変わる。

ベッドは窓の真下にあったのだろう。そして、こういうレンガ造りの峡谷では音が反響する（住人からの苦情が頻繁になるのはこのせい）とはいえ、この音量ではマイクがオンになっていてもおかしくない。

わたしたちはふたりとも言葉もなく、互いに目を合わせないようにしながら、ベンチから立ち上がり、アパートメントの入り口に向かった。わたしは彼よりわずかに先を進みながら、走らないように気をつけた。うめき声はわたしたちを追いかけてくるようで、休むことなくどんどん音量を上げ、リズミカルに、そして妙な疑問形で響いている。〝いく？　いく？　いく、いく、いく？〟それから、ちょうどわたしたちがドアのところに来たところで、〝止まって！〟とその女が叫ぶのが聞こえた。〝だめ！　だめ！　止まって！〟

わたしたちは、別れのあいさつをしたのだろうか？　いま憶えているのは、彼が躊躇しているあいだに、わたしは逃げるように階段を上がって自分の部屋に行き、ドアをぴしゃりと閉じてそこに寄りかかったことだ。涙目で、胸の鼓動が激しかった。

約束を守るのは簡単だろうと思っていた。隣人は話したがっているはずだと思ったのだ。たいていの人がそうだし、寂しい暮らしをしている人ならなおさらだから。そういう人たちはまったく知らない人に向かってさえも、相手に関係のないことをよどみなく話すことがしばしばある。隣人もきっと、自分のことを話すだろうと思った。その長い人生について、過去の思い出について。そしてわたしは聞いているふりを装う必要はない。わたしは他人の人生、とりわけ他人の過去についての記憶に、心から興味があるからだ。以前、有名な脚本家が言っていたことは、おおむね正しいと思っている。真に愚かな人間などいない。興味深くない人間の生活なんてない。きちんと腰を落ち着けて相手の話を聴く気があれば、そうだとわかるはずだ、と。ただ、ときに、かなり長い時間、腰を落ち着けている気がなくてはならないけれど。若いころ、わたしも周りの友だちも、互いの両親や祖父母のことなどほとんど気にしていなかったことが、思い返すたびおかしくなる。こういう普通の人はどんなことを話してくれただろうか？　その大部分が、主婦か引退した人をのぞけば、当時のわたしたちにはなんの興味も持てないような仕事をしに毎日出かけていた。あとになって、ようやくわたしは気づいた。彼らこそが、歴史に残るようなもっとも劇的な出来事を生き抜いてきた人たちだったのだ、と。激変の時代に大人になり、ありとあらゆる種類の困難に耐え抜いた。世界のいろいろな国やディープ・サウス（保守的なアメリカ南部のこと）の悲惨な状況を逃れ、大恐慌時代にホームレスになり、世界大戦で闘い、拘置所に抑留され、死の収容所で生き延びた。彼らは人間に与えうるもっとも熾烈な苦難を生き抜いた。まるで映画に出てくる登場人物のように。ところが、そういう映画から得られるぼんやりとしたイメージはあっても、たとえば、目の前の女友だちがどんな服でどんなメイクなのかといったことと比べてしまうと、まったく興味を引かれない。友だちとわたしは互いの言った一語一句を逃さず聞いたし、恋人の話す経験談は詳細まで夢中になって聞いた。どれもこれも、自分のと似たり寄ったりだったにもかかわらず。あるクラスメイトの父親は、J・エドガー・フーバー（初代FBI長官）の部下だった。別の子の母親は救急外来の看護師をしていた。こういう人たちには物語があったはずだ。わたしたちが毎晩毎晩テレビの前で夢中になっているのと同じ類の物語。ところが、彼らと会話してみようなど夢にも思わなかったし、もしも彼らがあからさまに自分のことを語ろうとしはじめようものなら、わたしたちは死んだほうがましなどと思っただろう。

ただ、あとになってわかったのだが、彼らは自分たち同士、つまり大人同士でも、そして近しい間柄であっても、過去について、なかでも深く傷ついたときのことはまったく話したがらないものなのだ。思い出したい人なんていない。聴きたい人なんていない。どうやら過去の出来事について語るのは、作家くらいのものらしい。語りえない《アントールド》というのはいい表現だ。もちろん、詳しく話さない、物語らないということだ。だが、同時に、話すべきことが多すぎるという意味でもある。若いころの語りえない物語。語りえない苦しみ。

あなたは感じたことがあるだろうか。老人の家の空気はいつもむっとしている。窓が開いていても、わたしは息が詰まる気がする。午後に立ち寄るといつも、隣人はブラインドを閉じていて、照明は、どうやらずっとつけっぱなしらしいテレビの画面の明るさだけだった。隣人に手間をかけたくなかったので、必ず角のコーヒーショップでコーヒーとマフィンを買って持っていった。隣人はこれを明らかに喜んでいるようだったし、わたしはおかげでこうした訪問の基盤ができるのがありがたかった。いっしょにいるあいだ、やることができ、共有するものができ、コーヒーとマフィンがなくなれば、それをきっかけにして自然に出てこられるのもよかった。

隣人は不平が多かった。だいたいがアパートメントについての不平。地下室で積み重なっているゴミ、なかなか修繕してくれない上に、理解しにくい言葉を話す管理人、上の階の住人のハイヒール（「あれはジミー・チューだよ」）の足音、中庭でボール投げをする子どもたち。なかでもいら立っていたのは、誰かの飼っている猫のトイレから漂うにおいが、ときどき隣人のトイレの通気孔から流れこんでくることだ（わたしが来ているときにも、そういうことがあった。実際は、誰かがマリファナを吸っているにおいだったが、言わないでおいた）。隣人は、過去の人生についての質問にはまるで答えなかった。若いころのことは思い出したくないのだと隣人は言う。ただ年を取った気がするだけだから、と。わたしの人生については、なんの興味も感じていなかった。わたしは独り身で、子どももいない。なんていう人生！　アパートメントに対する不平が終わると、世の中全体へと移った。隣人が世の中をどう思っているかをひとことで言うとこうなる。お先真っ暗。

また夏になって、家を空けた。旅行をして六週間後にもどってくると、わたしの留守中、隣人は短期入院していたらしいが、息子は冠動脈系のことでとしか教えてくれなかった。はじめは、それほど変わった様子はなかった。話がくどいのは前とさほど変わらなかったが、大統領選が近づくうちに、隣人はしだいに興奮した様子になっていった。アメリカ国民がこの国最高の職務に、地上でもっとも力のある地位に、どう見ても不適任で、厚かましいほどに不道徳で、腐りきっていて、息をするように嘘をつき、おまけにまったく能無しの人物を選ぶなんてことが、本当にありえるのかね？

隣人の人間への信頼がこれほどまでに揺らいだことはなかった。

あの女はとんでもなく破廉恥で嘘つきだよ、と隣人は言った。あの恥さらしのオバマより悪い。

血塗られた手をした裏切者の売国奴、撃たれちまえばいいんだ、と隣人は言う。なんであの女はここまでのぼりつめたのか？　もちろん、なにかしらの陰謀があったんだよ。

わたし自身はこれまでも政治にはあまり関心がなかったんですけどね、と息子はわたしに言った。いまの状況はどちらの側の言い分も気に入らないので、ただ傍観することになると思います。でも言いたいのはね、母は前はこんなふうじゃなかったってことなんです。選挙のことで興奮したことなどなかった。わたしが子どものころは、母と父はたいてい民主党に投票していました。母はフェミニストだったくらいなんです。いや、なにか政治的な運動をしていたってわけじゃないんですよ。ただ、そういう本（『フェミニストの神秘主義者』だと息子は言った）を読んでたのを憶えているんです。女性解放について話していましたし、それがすばらしいことだとか、会社に女性がすくないのはとても問題だとか言っていました。

いかれたことを言うと思わないでほしいんですが、いま母の話を聴いていると、入院中に脳にＩＣチップを入れられてしまったんじゃないかなんて思ってしまうんです。母はキリスト教徒が攻撃されていると思っているし、ヒラリー・クリントンは、なんていうか――いや、なんだかよくわからないんですが、ヒラリー・クリントンは悪魔の教えに従ってるとかと母が言ってるのを聞いたことがあるんです。とにかく問題なのは、母は信心深い人じゃなかったはずだということです。これまでずっとそうでした。悪魔の存在を信じてるなんてこともなかった。じゃあ、こういうのはいったい、どこから出てきたんだ？　それに、どんなことに関してであれ、ショーン・

ハニティ（FOXニュースの司会者）と息子の言ったことなら、ハニティのほうを信じるんですよ。すみません、と息子は謝った。うんざりなさってるだろうというのはわかっているんですが、選挙が終われば母も落ち着くと思うんです。

ところが、選挙のあとも、隣人は落ち着かなかった。誇大妄想は相変わらずで、キリスト教徒や本物の愛国心を持ったアメリカ人の敵に募らせる怒りも変わらなかった。わたしがショーン・ハニティを見るとルー・コステロ（一九〇六年生まれのコメディアン）を思い出してしまうと言うと、悪口だととられて、かなり気分を悪くさせてしまった。

でも、実際のところ、隣人のいちばんおかしなところは、わたしがなにを言っても、本当は気にもしていなかったことだ。わめき散らしているあいだ、一度として、わたしがその意見に同意するのかしないのかと尋ねたことがないし、ふたりの候補に対するわたしの意見を訊かれたこともない。こちらからそういう情報を出してみると、隣人は肩をすくめるだけで、わたしの意見を変えさせる努力などかけらもしなかった。真実を知りたければFOXニュースを見ればいいし、知りたくないなら、こっちも知ったこっちゃない、というわけだ。

だいたいにおいて、わたしはそこにいないも同然だった。自分がいらない存在だとこれほど思ったことはない。コーヒーとマフィンは、小人がいつのまにか置いていったものだと思われていてもおかしくないくらい。わたしは、ここに来ることが隣人にとって実際意味があるんだろうかと思いはじめた。聞き役としての機能はうまく果たせていたんだと思う。でも、血の通った人間としての繋がりはないような気がする。よい行いをしたいという思いで、ここに通いはじめた。他人の役に立つこと、息子も数に入れれば、ふたりの人間に役に立つことをしたいと思っていた。でも、ここにいる時間の一分一秒をも嫌うようになっていたら、そもそもここに来る約束してしまったことを、この親子のどちらかと目を合わせてしまったことを、隣人がこの世に生まれてきたことを嘆くようになっていたら、それでもよい行いと言えるだろうか？　これって、実は、いわゆる「病んでる」状況では？　さらに、隣人の部屋のドアベルを鳴らす気持ちに自分を持っていくまでに積み重なっていく不安はとりあえず置いておくとしても、ふとした瞬間に、隣人のことを本気で恐れていることに気づくことがある。隣人の声が怒りのために大きくなり、背中を丸めた姿勢のまま、充血した白目をむいて睨《にら》みつけてくると、コーヒーテーブル越しに本当に頭突きをしてくるんじゃないかと怖くなった。

一方で、この訪問をどうすればやめられるのかわからなかった。息子にはなんと言ったらいいのか（本当のことを言うのか、なにかしらの言い訳をするのか？）、あるいは隣人にはなんと言ったらいいのか（でも、隣人にとってはどうでもいいことなのかも？）もわからない。わたしはこの不条理でばかげているように思えてならない泥沼から、ますます抜け出せなくなっている気がした。

〝すごく悲しいんです〟。息子がわたしと最後に話したとき、そんなことを言っていた。もし母がテレビをまったく観なければ、と息子は言った。こんなふうにはなっていないはずです。そう思うとすごく腹立たしい。最期の数年を、比較的快適に、平和に、いまある自分の状況に感謝しながら暮らしていたかもしれない。それなのに、年がら年中、自分を陥れようとしているなどと脅かされるうちに頭のなかででっちあげた、ありとあらゆる敵に対して恨みや憎しみをたぎらせることになってしまった。すごく悲しいんです。そういうことが老人の身に起こっているというのが。母のせいじゃないと自分に言い聞かせています。わたしにだって起こりうることなんだと。でも、そんなことになるくらいなら、寿命を全うせずに死ぬほうがましです。

わたしの大学の教授で、若いころは人権のために身を捧げていた男性が、長い人生を締めくくるころには、たった数個の単語しか（しかも甲高い声でしか）言えなくなっていたのだけれど、そのうちひとつがホモで、もうひとつがNワード（黒人を指す侮蔑的な言葉）だった。

またしばらく家を空けた。今度は、出かけているあいだに冠状動脈血栓に苦しんだのは息子のほうだった。これについては、帰ったあと、別の隣人から聞いた。葬儀からかなり経ったあとに、と彼が教えてくれた。親戚が何人か来て彼女を連れていきました。どこになのか、その隣人は知らなかった。彼女の持ち物の大部分はまだアパートメントに残っていたけれど、それからひと月して、同じ親戚たちが来て運び出した。そのあとすぐに、若い夫婦が越してきた。わたしはどちらとも話したことがない。でも、最近気づいたのだが、もうすぐ赤ちゃんが生まれるらしい。

前の隣人の新しい住所は、知ろうと思えば簡単にわかるはずだし、知ろうとしなくてはと思った。お悔やみの手紙を送るべきだと思った。でも、彼女がいなくなった安心感があまりにも強くて、無視し通すことを恥じる気持ちがわいてこなかった。

〝あなたはどんな思いをしているの？〟シモーヌ・ヴェイユは、この質問をできるということが、隣人愛の真の意味だと言ったけれど、それをヴェイユは母語であるフランス語で書いている。フランス語ではその偉大な質問はかなり別の意味を持つ。*Quel est ton tourment?*（あなたの苦しみはなんですか？）

Ⅷ

友人は、わたしたちの人生でいちばん大事な会話を始めるのに、アインシュタインの手記には、いかにも差別主義者的なことも書かれていること、さらに、彼が妻を虐待していたことを聞いたことがあるかと質問してきた。わたしが聞いたことがあると答えると、友人は言った。つまり相対性理論も、もうおしまいだよね。

わたしは果敢にもクスクス笑ってみせ、調子はどうかと訊いた。見るからに調子は悪そうだった。やつれていたし、黄疸《おうだん》も出ていたし。でも、前回会ったときより悪くなってはいないのかもしれない。新たな症状は、手の震え、そして、ただしゃべっているだけなのに、ときどき息が切れること。

すごくばかなことをしてしまった、と友人が言う。

いいよ、許してあげる、とわたしは言った瞬間、ど、う、せ、す、ぐ、死、ぬ、ん、だ、か、ら、という意味に取られないかと不安になった。

友人はポッドキャストの番組のオファーを受けたのだそうだ。番組では、末期患者であるというのはどんなものかについての質問に答えることになっていた。病院のソーシャルワーカーに説得されてしまったけれど、受けるのは間違いだと気づくべきだった。うまくいかなかった、と友人は言う。脱線したと友人は表現した。痛みのせいもあるし、食べていないせいもあって、頭がくらくらしてもいた。その日は食べ物を胃におさめておくことがまるでできなかった。質問がどれほどいら立たせるようなものかを知っておくべきだった。というか、本当はいら立たせるようなものでないにせよ、自分がそういう質問にいら立ちそうだということはわかっているべきだった。

いまじゃ手遅れで、どうすることもできないけど、と友人はむっつりと言った。

だからなに？　どうでもいいじゃない、とわたしが言う。そして、またもや言わなきゃよかったと思った。どうせすぐ死ぬんだからと聞こえてしまうかもしれないと思ったのだ。

そうだね、と友人が言う。気にするべきじゃなかった。でもね、残された時間が短いのに、すこしでも悪い使い方をしてしまうと、つまり、なにかばかなこととして無駄に時間を使ってしまうと、とにかくむかつく。当然、楽園のこっち側での自分の最後の印象を台無しにしたくはないしね。

自分で思うほどだめじゃなかったと思うよ、とわたしは言う。心から。友人が、人前で悪い印象を与えるようなことをしたのは見たことがない。

会話の舞台を書くのを忘れていた。わたしたちはバーにいる。わたしが来る数日前、具体的にこのバーで会えないかと友人が言ってきたのだ。ここはわたしたちがかつてよく通ったバー。その近くの安アパートをシェアしていた（ほかにもうひとりいたのだが、その女性とは、ふたりともかなり長いこと連絡を取っていない）ころ、毎晩のように来ていた店だ。友人はホテルに泊まっていた。誰かの家に泊まるよりもホテルのほうがいいと言い張ったせいだ。友人はホテルが好きなわけではないが、人の家に泊まるのをいつも嫌悪していた。この街には親しい友だちが何人かいて、彼らと時間を過ごすことが旅の主な理由だったのだけれど。そして、もし耐えられそうだと思ったら、つまり、友人が言うように〝心臓が持ちこたえられそうだったら〟、自分にとって特別な意味を持つ場所、ここに住んでいたころの思い出の場所をいくつか訪れたいとも思っていた。友人が家に帰るまでに、わたしが友人と会えるのは、そのバーでふたりで飲む、そのときだけだ。

以前は安酒場だった。常連客であふれていて、安い酒と、袋に入ったおつまみを数種出すだけ。ビリヤード台と古いワーリッツァー社製のジュークボックスがあって、もちろんタバコを吸ってもいい。わたしたちふたりを含めたほぼ全員が吸っていた。この地域が高級住宅地化したのに伴って、店にはいまや無駄に高いワインが無駄にたくさん揃えてあって、まずそうなタパスがかつてビリヤード台のあったところにビュッフェ形式に並んでいる。かかっているのは、うるさいジャズ風のプレイリストだ。両側の壁にはそれぞれテレビのスクリーンがかかっていて、音を消した状態で、それぞれ違うチャンネルの番組を映している。ひとつはニュース、ひとつはスポーツ。

この区画で、この長い年月を生き延びられた店はここだけだ。しかも、客の入り方を見るかぎり、かなりうまくやっている。かつての雰囲気がかけらも残っていなくても仕方がない。わたしたちはこの変化を嘆き悲しんだけれど。とはいえ、そこはわたしたちが若かったころの聖地であることに変わりない。あのころ、ここから家まで何度、千鳥足で帰ったことだろう。互いの体を支え合い、途中、一度や二度は、停めてある車のあいだで一方が吐くために止まった。もどしているあいだに、髪が顔にかからないように押さえていてくれるのが、本当の女友だちというものだ。わたしたちは、そんなふうに飲むのだ。

〝屈辱的な苦痛を味わって死ぬつもりはないの〟

友人がそう言ってもわたしは驚かなかった。なにより、前にも同じようなことを言っていたからだ。自分が理解しているという思いはあった。おそらくそういうことになるだろうと受け入れていた。けれどいま、まったく別の感情が押し寄せてくる。友人が安楽死のための薬を持っていると明かしたからだ。

なんて言えばいいのかわからない。

あなたなら受け入れてくれるんじゃないかと思ってる。

受け入れるって——なにを？

あなたの助けを借りること。

わたしのたす――？　喉頭が痙攣《けいれん》を起こして、アニメみたいな動きでゴクリと息を吸いこんでしまう。それを見た友人が微笑む。

死ぬのを助けてほしいって言ってるんじゃないの、と友人は言う。自分のやるべきことはわかってる。難しいことじゃない。

難しいのはね、いまとそのときのあいだの時間をどう過ごすべきかってこと。

まずはね、と友人は言う。それがどのくらいの時間なのか明言できないんだ。

あなたができるだけ苦しみたくないっていうのは理解した。

でも、できるだけ、穏便に進めたいとも思ってる、と友人は言う。ぜんぶ理にかなったやり方で。

どこかに行きたいのだと友人は言う。旅行ってわけじゃなくて。旅行をすれば気晴らしにはなるだろうけど。でも、求めているのはそれじゃない。それから、自分が前に大好きだった場所や、幸せだった場所（たとえば、大恋愛をしたギリシャや、最高の休暇を過ごしたブエノスアイレス）にまた行けば、ほら、よく言うじゃない。本当に幸せに過ごしていた場所には二度と行くなって。実際、前にそういう間違いをしたことが一度ある。あのとき、最初に来たときの美しい記憶すべてが汚されてしまったから。

わたしも同じ間違いをしたことがあると、友人に教えてあげてもよかった。しかも一度ではなく。

小旅行をするのが悪いと言ってるわけじゃない、と友人は言う。でも、本当にしたいのは、どこか静かな場所を見つけること。遠く離れる必要はなくて、というか、遠すぎちゃいけない。すごく特別な場所である必要もない。最後にやるべきことを全うできる、穏やかな場所であればそれでいい。あと、最後に考えをまとめることができれば、と友人は息が切れるぎりぎりのところで言った。それができれば、どこでもいい。

わたしはグラスを握っていた手の力を緩めた。つまり、友人がわたしに頼もうとしているのは、それにふさわしい場所を探すことなのか。自分の家じゃなくて知らない場所でっていう気持ちは確かなんだよね、とわたしは訊く。

そのほうが楽だと思うんだ、と友人は言う。快適で安全で魅力的な場所でさえあれば。わたしのいちばんいい作品は、いちばんいい考えは、家から離れた場所でできた。たとえば、客員研究員として勤務しているときとか、瞑想《めいそう》リトリートに行ってるときとか。ホテルでのこともあった。そのほうが、腹が決まりやすいんじゃないかと思う。手放すことに集中できると思う。慣れ親しんで知り尽くしたもの、そこから思い出される愛着みたいなものとかに囲まれていない場所にいるほうがね。

もちろん、間違いだってこともあると思う、と友人は言う。こういう考えが、結局、ぜんぶ、ある種の幻想だったってことになるかもしれない。でも、これについてはよく考えたし、いまは、正しいと思える。言ってること、おかしいかな？

おかしくないと思う、とわたしが言う。それで、わたしに場所探しを手伝ってほしいわけだよね。それとも、生活を移すのを手伝ってほしいの？

ううん、と友人は否定する。それは自分でできる。もう探しはじめてる。

友人は片方の掌《てのひら》をテーブルにぱたんと置いて、もう片方の手をその上に重ねて押しつけ、震えを押さえつけようと、あるいは、隠そうとした。

必要なのは、そこにわたしといっしょにいてくれる人なんだ、と友人は言う。もちろん、ある程度ひとりの時間は欲しい。これまでもずっとその時間を持ってきたし、いつも心の底から必要としてきたんだから、もうすぐ死にそうだからって、それに変わりはない。でも、まったくひとりきりっていうわけにはいかない。だってほら、これは新しい冒険だし、どんなものになるのか、誰にもわからない。もし、なにかがうまくいかなかったら？　もし、なにもかもうまくいかなかったら？　隣の部屋に誰かがいてくれるって思っていたいの。

平静を装い、おかしなことを言ってしまわないようにするには、相当の努力が必要だった。

そうだね、とわたしは言う。ひとりでいるべきじゃない。

でも、とわたしはちょっと黙ったあとで訊いた。もっとあなたに近い人がいたほうが、より快適なんじゃないの？　家族の誰かとか？　このバーに足繁く通っていたころのわたしたちなら、相手の最期を見届けたかもしれない。けれど、いくら連絡は取っていたとはいえ、友人とわたしは、かなり長い年月、かなり離れてそれぞれ違う人生を送ってきていたから、いま、友人がわたしに頼もうとしているらしいことの重大さに面食らってしまう。しかも、薬に関しての告白のショックもまだ鎮められていない。

家族の誰か、と友人は力なく繰り返す。まあ、娘のことになるよね。ほかに近い親族はいないから。でも、娘には絶対に頼めない。それはしちゃいけない。単に、娘と気まずいからってだけじゃなくて。でも、まさにそのせいで、つまり、娘との仲がずっとトラブル続きだったせいで、なんていうか、ひどい無理強いをさせることになると思う。娘は同意するかもしれない。義務感から。でも、長年わたしに向けてきたあの敵意を思うと、娘が自分の感情を抑えられるとはとても思えない。だめ、娘にそんな役割を与えるのが正しいとはとても思えない。それに、娘がわたしの遺言状の主たる受取人だということで、ことがさらに面倒になる。

ウエイターが近づいてきて、もう一杯いかがですかと訊いた。友人のグラスはまだすこしも減っていなかったけれど（これは形だけ、と友人は、自分のジントニックの上で手を振りながら言った。服薬中はだめなんだ。あなたがふたり分飲まないとね）。わたしのグラスはすこし前に空になっていたので、ウエイターが行ってしまうと、すぐに友人のグラスに手を伸ばした。一瞬、友人は面白がっているような表情でわたしを見たあとに言った。あなたが第一候補じゃなかったって言っても、気を悪くしないよね。

いちばん近しい友だちふたりが、いやだと言った。どんな形であれ、死の幇助《ほうじょ》には関われないと言ったのだそうだ。たとえ、間接的なものだとしても。そういう決断に至った理由は理解するし、苦しんでほしくないと強く思うけれど、友人が命を絶つあいだ、そばにいることはできない。どうしても止めようとしてしまうだろう、と。できない、とふたりは言ったの。できない。できない。

人間って得てしてそういうもんだよね、と友人は言う。どうあれ、患者には闘いつづけてほしいと願ってしまう。そういうふうに癌をとらえるように擦りこまれてる。つまり、患者と病気との闘い。言い換えれば、善と悪との闘い。正しいやり方と間違ったやり方がある。強いやり方と弱いやり方がある。戦士のやり方と腰抜けのやり方。生き延びれば英雄。負ければ、たぶん、それは頑張りが足りなかったということなのかも。信じないかもしれないけど、死ぬほど聞かされたんだから。この人はあの人は、意地悪で愚かな医者に余命宣告をされたけど諦めなかったら、何年も何年も生きられたっていう話の数々。みんな、末期って言葉を聞きたがらないんだよ、と友人は言う。不治の病とか、手術もできないっていうのも聞きたくない。そういうのは敗北主義者の戯言《ざれごと》だって。生きてさえいれば、チャンスはある、みたいな正気とは思えないことを言いだす。あと、医療的な奇跡は毎日起こっている、とか。実際の事象をちゃんと追ってるわけもないのにね。その辺でただ、なんとなく過ごしていたら、治療法が見つかるかもしれないってわけ。高等教育を受けた賢い人たちがこんなにもたくさん、もうすぐ癌の治療法が手に入ると思ってるとは知らなかった。

みんながみんな、自分の言ってることを本気で信じてるとは思わないけどね、と友人は続ける。でもどうやら、そういうふうに言うべきだと信じているみたい。仕事を辞めないようにと説得を試みた人も結構いた。できるかぎりの努力をしなくちゃいけない、とその人たちは言ったのだそうだ。働きつづけないとだめだよ、と。前に進みつづけなくちゃいけないってことらしい、と友人は言う。なにもかも順調であるかのように進みつづけなさい。そうしたら、たぶん、本当になにもかも順調になるからってね。ほら、〝うまくいくまではうまくいくフリをしろ〟って言うしね、と友人は言って息が苦しくなるほど笑った。化学療法のせいで、吹き出物はできるし、口のなかは腫れまくるけど、口紅は必ずつけなきゃいけないって。

みんながこの病と折り合いをつけられる唯一の方法が、どうやらヒーロー物語にすることらしい、と友人は言う。生き延びた人はヒーロー。子どもならヒーローどころかスーパーヒーロー。それで、医者たちも、ただ自分の仕事をしたってだけなのに、ヒーローみたいな手腕を見せたとか言われる。でも、癌が人間の気質の試金石的なものになるなんておかしくない？　そのせいで、どれほどの迷惑をこうむったかわからない、と友人は言う。みんな揃いも揃ってありきたりの、決まり文句しか言わない。SNSはやめた。雑音から遠ざかるためにね。いちばんひどいのは、癌患者サポートコミュニティ。癌を贈り物だと考えろ、精神が成長できる機会、自分でも知らなかった自分の資質を育てる機会をもらったと思え、最高の自分になる旅路の第一歩だと思え。いや、嘘じゃないんだって。そんな戯言聞きながら死にたい人なんていないよね。

友人は大げさに身震いしてみせながら、ひと息ついた。

でも、時期が来ればね、と友人は続ける。もし本当に聞く気があれば、医者はちゃんと言ってくれる。治りません。手術もできません。末期《ターミナル》です。個人的にはね、と友人は言う。誰も使わないけど、わたしは致命的《フェイタル》っていうほうが好き。いい言葉だよね。末期《ターミナル》っていうとバスターミナルのことが頭に浮かんで、バスターミナルっていうと排気ガスと逃げ道を求めてうろつく気味の悪い男たちが浮かんでくる。でもまあ、話をもどすとね、ちゃんと調べるには調べた。自然に身を任せたら自分がどうなるかは、わかった。緩和ケアでできることは限られてる。ホスピスでだらだら過ごすことのよさは、わたしには感じられない。どんどん体が不自由になって、自分でなんにもできなくなるだけ。これはわたしの闘い方なんだってことを、みんな理解してくれなきゃいけないと思う、と友人は言う。わたしが先にわたしを仕留めれば、癌はわたしを仕留められない。それに、待ってることに意味なんてない、と友人は言う。わたしに逝く準備ができてるなら。いま、わたしに必要なのは、こういうことぜんぶを理解してくれて、ずっとそばにいてくれて、わたしが寝てるあいだにトイレに薬を流しちゃうみたいなバカなことをしないと約束してくれる人。

それで思ったのは、と友人は言う。いまのわたしにそれほど近しくない人を探すべきだってこと。信頼できる人だけど、ずっと顔を見ることが日常的になっていない人、相手もわたしに会うことが日常的になっていない人。思い浮かんだ古い友だちはもうひとりいた。その人はたまたま医者で、いろんな面で理想的だと思った。でも、彼女は診療所をほっぽり出すわけにはいかない。

それがもうひとつの問題点なんだよね、と友人は言う。人には仕事がある。わたしもだけど。ところが、友人はすぐに言い足した。夏なの。学校は休み。なにか言わないと、と思ってわたしは言う。ほかの人たちがいないところで話したかった。なるほど。でも、わざとなんだ、と友人は言う。こうしたほうが、お互い、なんていうか、感情的になりすぎずに済むかなと思って。でもそれだけじゃない。あなたと、このバーのこの場所に座って、まったく同じ話題について議論したときのことを思い出したら、どうしてもここにしたいと思っちゃって。

わたしには、友人がなんの話をしているのかまったくわからなかった。

倫理学入門。憶えてない？　教授が学生たちを二人組にして、そのペアで与えられた倫理の問題について議論させた。わたしたちのは、死ぬ権利について。生命の尊厳VS生活の質。ふたりでピッチャー二杯分のビールを飲みながら議論したんだよ。憶えてない？　あなたはどんな状況にあっても、人は自分の生命を自分で奪う権利があるって言ってた。余命宣告された場合にかぎらずね。個人の問題であって、他人がどうこう言うことでも、ましてや国が口出しすることでもないって。それを聞いて、心配になったのを憶えてる。なぜって、あのころ、あなたはかなり鬱っぽかったし、すごく衝動的になることもありそうだったから。それなのに、自殺について熱っぽく語ってるのを聞いて、ぞっとしたんだよね。

わたしはびっくりしすぎて、危うく立ち上がりそうになった。こういう経験をしたことがなかったわけじゃない。昨日のことのように鮮やかに話している過去の思い出が、実は完全にでっちあげだということ。それに、友人が嘘をついているとも思っていない。その逆で、まったく邪気なく話したのだとわかっている。どうしてこうなったか、わかっている。友人の想像力が記憶を作りだして、悲惨な状況を受け入れやすくするために力を貸したのだ。わたしたちがかつて人間の死ぬ権利について議論したことがあるというのは、まったくありそうなことだ。友人が言ったような主張をわたしがしていたというのも、さらにありそうな話だ。若いころのわたしは、友人の記憶のなかにあるように、本当に慢性的に鬱で衝動的だったかもしれない。でも、友人とわたしはこのバーだろうとどこでだろうと、そんな授業の課題をいっしょにやったことはなかった。わたしは倫理学入門など履修したことがない。

それでも、わたしはそんなことは言わなかった。実際、なににについてもなにも言わなかった。気分が悪かったのだ。立て続けに二杯、がぶ飲みしたから。でも、部屋がぐるぐる回って見えるのは、アルコールのせいばかりじゃない。

あなたの考えてることはわかるよ、と友人は言う。こんな話をしてるなんて信じられない！って思ってるよね。かなり大変なことをお願いしてるのはわかってる。荷が重すぎるよね。答えはすぐじゃなくていいの。でも、もちろん、いまでもいいけど、どう？

わたしは頭を横に振った。わたしが躊躇しているのを見て、友人は言う。やだ、どうしちゃったの。お得意の冒険心はどこ行った？

わたしはまた、頭を横に振ることしかできない。

わかった、と友人は言う。明日家に帰る。着いたら電話するね。

ふたりでバーから出ようとしたときに、わたしは立ち止まって、トイレに行かなくちゃと言った。

気持ち悪くなりそう？　と友人が訊く。

たぶん、とわたしは振り返りながら言う。

髪の毛、押さえててあげようか？


場所はふたつに絞った、と友人は言う。ひとつは大西洋岸南部の沿岸の島にある夏用別荘。友人のいとこの家族のもので、シーズン後半までは誰も使う予定がない。このいとこは友人と親しかったわけでもないのだが、病気のことを聞いたとき、親切にもちょっとした保養地として使ってくれと申し出てくれた。友人は何年も前に一度、結婚式のために行ったことがある。家もビーチもすばらしく美しかったのは憶えてるけど、シーズンはじめとはいえ、島は観光客だらけだと思う、と友人は言う。あと、そこまで行くのが容易じゃない。それにね、と友人は言う。人生最期の日々を、赤い州では過ごしたくない。

というわけで、友人の気持ちはもう一方に傾きつつあった。引退した夫婦が所有するニューイングランドの家だ。ふたりとも元大学教授のこの夫婦は、いまではもっぱら旅行三昧で、エアビーの予約システムを使い、自宅を貸せるときに短期で人に貸して、旅費の足しにしていた。

一ヵ月借りられる、と友人は電話で報告してきた。そんなに長い期間が必要だとは思ってないけど。

こういう会話に慣れることがあるのだろうか？　うちの郵便物はどうしようか——たまるがままにしておくか、郵便局に頼んで転送してもらうか、あるいは局に留め置いてもらうか——と考えていても、どのくらい家を空けると想定しておくべきなのかと訊くのもありえないと思ってしまう。

いつにするか決めたわけじゃないんだけど、と友人が言う。ただ、もう、心の準備はできてる。行きたくてたまらない、って言ってもいいくらい。死ぬことについて、考えるだけのことは考えてしまったから、っていうせいもあるけど、ここまではもつだろうと自分で考えていた期限を切ってしまったから。でも、この先、体がどうなるかは、わからない。

化学療法をやめてから、体調はかなり良くなっていたけれど、症状は日々変わる可能性があるし、症状を抑えるためにのんでいる薬にも副作用はあった。

どうあれ、自然に起こってほしいと思ってる、と友人は言う。さあいまだ、っていうときが自分でわかるような気がする。

でもあなたには——あなたにはいつなのかわからない、と友人は言う。当然だけど、はっきりと宣言はしないつもりだから。

神が来るみたいに、と友人は冗談めかして言う。〝その日、その時は、誰も知らない〟（「マタイによる福音書」二十四章三十六節）

友人は、わたしたちの計画について誰にも話さないと決めていた。やっとここまで来たんだから、ばかばかしい邪魔が入る危険を冒したくない、と友人が言う。小さな混乱も招きたくない。平穏でありたい。

わたしたちがどこにいるか、誰にも知られないようにするつもり。

それから、あなたを守るために、と友人は言う。あなたはとぼけなくちゃいけないからね。わたしはどうするつもりだったのか、あなたには言わなかったし、あなたは、わたしが薬を持ってることさえ気づかなかった。

わたしは実は、すでにひとりの人物にすべてを話していたけれど、それは黙っていた。

コロニアル様式の家の写真を見て、友人は自分の育った家を思い出した。両方とも一八八〇年代に建てられた家。写真の家のほうが小さい。子ども時代の家を売るとき、すごくショックだったと友人は言った。でも両親が死んだあと、不幸にも過度に開発されてしまった郊外の町にある、そんな大きな家に住むなんて、自分も娘も考えられなかった。引退した夫婦の家でほかに気に入ったところはね、と友人は言う。老後のニーズを考慮したリノベーションがされていること。一階の大きな寝室には専用のバスルームがついていて、手すりと造り付けのシャワー用チェアが設置されている。いまでもこれだけ弱くなっているんだから、そのうち歩くのも辛くなると考えると、これはラッキーなことだよ、と友人は言う。それから、二階にある、もともとの主寝室は、家の反対側。だから、わたしたちはそれぞれプライバシーが守られる、と友人が言う（守られたプライバシーのなかで自分がなにをするのか、というのがわたしにとって、大きな、そしてなかなか厄介な問題だ）。

近隣の家はそれなりに離れているし、敷地の片側は自然保護区に接してる。

その町のことはよく知らないけど、通りかかったことはある、と友人は言う。ニューイングランドの海沿いの町は、前から好きだった。いいレストランがいくつかあるらしいのも気に入ってる。ほら、食事を楽しめるようになってきたからね。

実はもう、これ以上検討する必要もない。ここは完璧だと思う、と友人は言った。

そのわくわくした声を聞けば、誰でも、わたしたちが休暇の計画を立てているのだと思うだろう。

画像を送るね、と友人は言う。電話を切ると、すぐに送られてきた。家の画像が六点ほど。家のなかも外も。

赤と金に染まった秋の紅葉真っ盛りの庭。純白の雪に覆われた庭もある。わたしは呆然として画像を眺めた。どんな家でも、どんな町でも、わたしにはどうでもいい。友人がこれほどまでにそういうことを気にかけているというのが、わたしにとっては耐えがたく辛いことだった。

家でしておかなくちゃいけないことが、あと二、三ある、と友人は言う。整理しなきゃいけない引き出しが二、三。片づけなきゃいけない書類関係のことがちょっと。最期に会っておかなくちゃいけない人が何人か。

バーで会ってから一週間が経った。

荷造り開始。とメッセージが来る。

わたしがスーツケースに機械的に服を重ねているところに、またメッセージが来る。引き受けてくれてありがとう。

友人に、イエスと言ったあのとき、あなたが死ぬためにわたしにしてほしいことをなんでもしてあげると答えたとき、友人はほっとするあまり、泣きだしてしまった。

数秒後にまたメッセージ。約束する。できるだけ楽しい時間にするね。

第二部

死は芸術家ではない。

——ジュール・ルナール

I

触れ込み通りの家だった。上品で清潔で整っていて、しかも、ところどころに歓待を表す気遣いが感じられる。寝室には花が飾られ、キッチンにはコーヒーと紅茶、ジュース、ヨーグルト、パン、その他の基本的な食料がストックされていた。予備の枕、予備の毛布、暖炉用の薪。あらゆることを想定して用意してくれていたホスト（エアビー内の評価はスーパーホスト）は、ヨーロッパに発つ前に、家までの道順と玄関ドアを解除するための暗証番号を送ってくれていた。

家族写真が一枚も飾ってないことにすぐに気がついた。たぶん、ほかの私物や書類といっしょに倉庫にしまってあるのだろう。ただ、居間には女性の肖像画がどんと飾ってある。きっとこの女主人の若いころなのだろうとわたしたちは考えた。等身大の油絵で、ジョン・シンガー・サージェントの「マダムXの肖像」を思い起こさせる。いや実は、まさにそういうことで、サージェントのイミテーションなのかもしれない。白い白鳥のような女性。ありえないくらいに長い首、上半身の露出度が高いシンプルな黒のデコルテドレス、比喩に別の鳥を使うのもなんだけれど、ダチョウの卵のような胸。片手は椅子の背に置かれ、もう一方の手はユリを一輪持っている。もったいぶった感じでエロチシズムと禁欲主義が混じった作品だ。

これが本当にここの人なら、と友人は言う。本人はどうしたら耐えられるのかわからない。夫はどうしたら耐えられるのかわからない。だって、妻がこんなに若くて魅力的だったときのことを思い出させる、まばゆいばかりのこの人といっしょに毎日生きていくんだから。

わたしは肩をすくめた。日常のものになるってどういうことか、わかるでしょ、とわたしは言う。ご夫婦はたぶん、もうこの絵のことは気にもしてないんだよ。

そうだろうね。でも、誰かがこれを初めて見るたびに、まあ、あれはあなたですか？　って訊くと思うんだよね。きれいだったころの昔の写真を見ると、みんなそう言うでしょ。あれはあなたなの？　って。言われると、がくっとする。だって、それはつまり、あなたはもう写真の人とはぜんぜん違っちゃってる、まるで別人だって言われたようなものだから。屈辱的だよ。屈辱的なんかじゃないはずだけど、実際、屈辱的だよ。

屈辱的だね、とわたしは同意した。でもね、とわたしは言う。何年も前の結婚式の写真を飾ってる人は多いよ。

花嫁姿の写真を飾るのと、これは、ぜんぜん……

まあいいけど、と友人は言う。とにかく目障り。このせいで部屋が台無し。

上からシーツをかけておこうか。

友人は笑った。いや、それはダメだって。余計に気になっちゃう。

家のなかにはほかにも絵が飾ってあったが、だいたいが風景画だった。ダイニングには、一九三〇年のこの家を写した白黒写真が大きな額に入っていた。

この家が、目障りなひとつをのぞけば、友人の期待通りだったことにわたしはほっとした。想像以上に、わたしが育った家に似てる、と友人は言う。うちの両親がここと同じ内装業者を雇っていたとしてもおかしくないくらい。でも、両親は見ず知らずの人たちに次から次へと鍵を渡すなんてことは、絶対にしなかったと思うけど。時代の変化だね。

わたしも家を気に入っていた。ほどほどに垢抜けした空間に配置された丁寧な作りの家具。すばらしい陶磁器もあるけれど、ありふれた装飾品もある。居心地よさと簡素さの絶妙なバランスを、シェーカー・ラクスというのだと聞いたことがある。

車で到着したのは昼下がり。何度か土砂降りに遭って遅くなったが、なんとも気持ちのいいことに、家が視界に入ってきたまさにその瞬間、太陽が顔を出した。来る途中、ふたりとも、わたしがその朝作ったアボカドとトマトのサンドイッチを食べていた。いま欲しいのは、コーヒーだけだ。ポットにコーヒーを作ると、わたしたちはそれぞれマグカップを持って各自の部屋に行った。荷ほどきを終えたら町を軽く巡り、早めの夕食にしようと決めていた。友人が見たグルメサイトでほめそやされていた、魚料理専門のレストランがある。とはいえ、友人がサイトを見ていたのはわたしのためだと思わずにはいられなかった。味覚や食べ物をのみこむ能力は、様々な化学療法を受けていたころよりずっとましにはなってはいたけれど、食欲旺盛と言うにはほど遠い。アボカドとトマトのサンドイッチを食べ終えるのに、一時間近くもかかったのを、わたしは気づかないふりをしていた。

先週は酔っぱらっているような感じのうちに過ぎ去った。感覚という感覚が不思議なほど麻痺していたのだ。でも、いまは、すべてのことをこれ以上ないというほど鋭敏に意識している。寝室の窓から流れこんでくる強い日差し。コーヒーの香りと味。ベッドにかけた空色の羽毛布団を背景に、いくつもの雲が浮いているみたいに並ぶ枕。ブロンド仕上げのフローリングの木目。そこに敷かれた鮮やかな色合いのキリムラグは、まるでオプ・アートのような錯視効果でちらちら揺れているように見えた。クローゼットやタンスの引き出しからはラベンダーの香りがする(一階は別の香りがした。フルーティで渋みのあるシトラスカクテルのような香り)。

こんな状況でなければ、仕事をするのにとてもいい場所だっただろうと思う。でも、いまのわたしには、ニュース記事に目を通す集中力さえなさそうだ。できそうだと思えるのは、配信で映画を見たり、ここ数年見過ごしていて、とても追いつけないと思っていた大作の連続ドラマを一気見したりすることくらい。あとは、炊事洗濯、その他必要な用事をするのは自分の役目だと思っていたし、そういう仕事はするのはなんの苦にもならないとわかっていた。それだけでは忙しく過ごすにはじゅうぶんでないのではないかという心配があるくらいで。

先のことをあまり考えすぎないようにしよう、と自分に言い聞かせていた。友人は、下した決断に揺るぎがないように見えた。すこしでもためらう様子を見せたことがない。それでも、わたしは心の奥で、万事計画通りには進まないのではないかと思っていた。ここに来たからといって、友人が薬を必ずのむとはかぎらない。結局のところ、ここへは考えるために来たのだから、考えた結果、気持ちが変わるかもしれない。たぶん、薬をのむのをしばらく後回しにするだろう（致死量の薬を所有する末期患者のほとんどが、それをのまなかったということを、わたしはたまたま知った）。どうあれ、一週間かそこらで、ふたりいっしょにこの家を出る様子のほうが、ひとりで出ていくわたしより、ずっと想像しやすかった。

　わたしははっきり気づいていていたし、気づいたことで戸惑ってもいた。つまり、わたしは友人を助けることを承諾しておきながら、気持ちの大部分はわたしたちがここにいる理由をまったく受け入れていないどころか、実は全力で抵抗している。わたしがここにいる理由を。

最期までいっしょにいることを承諾したあと、怖気《おじけ》づいて、なんて深刻な間違いをしてしまったのか、こんなのありえない、実際、わたしにできるはずがない、と悶々とすることが幾度となくあった。でもすぐに、もはやここから抜け出すのも、同じくらいありえないのだと思い返す。すくなくとも、こういう不安を感じていることを友人に話すべきだと思った。ところが、それに対して友人は、どっちにしてもわたしはやめないから、と答えた。

　ひとりでやらせたいの？　だってね、わたしには、知り合いリストの誰かにまたお願いする時間もエネルギーも残ってないんだから。とにかく平穏でありたい。

〝平穏でありたい〟ということを、友人は最近よく言うようになった。

〝お得意の冒険心はどこ行った？〟と友人は言う。まるでその台詞でわたしを落とせたとでもいうように！　本当のことを言うと、友人の手助けをすることを承諾したのは、もし自分が友人の立場なら、友人がいま、したがっているのとまさに同じことを望むだろうとわかっていたからだ。そして手助けしてくれる誰かを必要としただろうと思う（この先、これがすべて、ある種のリハーサルで、友人がわたしにやり方を示してくれているのだとしか思えなくなる瞬間が来る）。

日記をつけるべきなんじゃないかとふと思ったのは、荷ほどきをしているときだった。友人の娘、友人のただひとりの家族が、これから起こることに関わっていないこと、知らされてもいないことが、わたしにはまだ正しいとは思えていなかった。ことこれに関して、友人の考えは理解していたし、友人は正しいのかもしれないとも思っていたが、それでも、考えると悲しくなったし、罪悪感も覚えた。一種の裏切りのように思えたのだ。友人に隠れて娘と連絡を取っていたらよかったとは思わないけれど、すくなくとも、のちのち渡せる記録は残しておきたかった。そのときが来たら、友人と近しい関係にあった人たちは、友人が最期を前にしてどんなふうに過ごしていたのか、友人が言ったこと、考えたこと、感じたことを知りたがるだろうと思ったのだ。そう考えると、可能なかぎり詳細であること、正確であることが大事だろう。当然、記憶だけでは頼りにならない。それに、毎日、座って書くということは、わたしにとっても意味があるだろうと思った。これまでも、日記をつけていたおかげで気を確かに持てたことがあった。なかにはとても辛い経験もあったのだ。とはいえ、今回のような奇異なものはなかったけれど。

冒険？　もしそうなら、わたしたちが繰り出したのは、それぞれにまるで違う、ふたつの冒険だ。友人のとわたしのは、まったくの別物。そして、この先の日々、どれだけいっしょに時間を過ごそうと、きっと、それぞれひとりぼっちだ。

ある人が言った。この世に生まれ落ちたときには、人はすくなくとも、もうひとりの人間といっしょにいる。けれど、世に出たら最後、ひとりになる。死は誰にも起こることだけれど、人間のあらゆる経験のなかで、もっとも孤独なことであることには変わりなく、人間同士を繋ぐものではなく、引き離すものだ。

他者化《アザード》された者。死を前にした人以上にそういう存在はいない。

リストを作らなきゃ、とわたしは思った。これが始まってから、たくさんのリストを作った。終わりのない、やることリスト。人は精神的に追いつめられると、そういうものを作ってしまうものだとスコット・フィッツジェラルドは言った。わたしのやり方は、リストを作ったあとに、それを無視するというものだ。作ったリストを見返すことなく、また座って次のリストを作る。

でも食料品。食料品は必要だよね？　もちろん必要だ。明日は食料品を買いに出かけなくては。そのためには、買い物リストを作らないと。

荷ほどきが終わって、Vの字に差しこんできた光のなか机の前に座り、食料品の買い物リストを作るうちに、お決まりの手順を踏めていることに満足して、自分がそれなりに安定した精神状態にあると結論づけられた。部屋の一方の隅に、年代物の美しい姿見がある。きっとやりおおせる《ゲット・スルー》と鏡《ルッキンググラス》に向かって言ってから、偶然の言葉遊び（『鏡の国のアリス』の原題は *Through the Looking-Glass and What Alice Found There*）ににやりとして、階段を下りていった。

　ところが、そんな心の平穏も、キッチンのテーブルで友人が涙に暮れているのを見つけて、あっという間に崩された。

　最初に思ったのは、心変わりをしたのだろう、ということだ。いざ到着してみると、こんなところになんかいたくないと気づいたのだろう。これに関しては、前に言ったように、わたしは心の準備ができていた。

　とても信じてもらえないようなヘマをした、と友人は大声で泣きながら言う。

　わたしは体じゅうが大パニックになった。もしかして、とてつもなく衝動的に、いまこの瞬間、薬をのんじゃった？　でも、そんなはずない。そんなはずないよね。

　忘れてきちゃった！

　なにを？

　薬だってば。もちろん。ほかになにがあるって言うの。家の寝室に隠していたんだけど、ほら、引き出しの奥に。荷造りしてるとき、そこから出すのを忘れてしまった。

　わたしはほっとしすぎて、体の力が抜けた。

もどらなくちゃ、と友人が言う。

もちろん！　明日朝起きたらすぐ行こう。

明日じゃだめ。いま。

友人が本気だとはとても思えなかった。

なくしてしまったり、置き場所を間違えていたりしていないか、確かめなくちゃいけない。そう言う友人の声はどんどん大きくなってくる。あれがあそこにあると、わかってなくちゃいけない。盗まれたりしてないと、知ってなくちゃいけない。忽然《こつぜん》と消えてしまったわけじゃないってことを。そもそも、わたしが夢のなかででっちあげたわけじゃないってことを。

友人は両手で髪を握りしめていた。引き抜きはじめるんじゃないかと不安になった。まるで気のおかしくなった女みたいに。

行かなきゃ。いま、行かなきゃ。

その後、無事、友人の部屋の新しい隠し場所に薬をしまい、ふたりで例の、魚料理専門のレストランで、二晩続けて夕食をとったあと、わたしは静かに言った。薬を置いてきてしまったというのは、もしかしたら、心のどこかに薬をのむことに相反する気持ちがあるんじゃない？　だって、ほかの薬はぜんぶ忘れず持ってきてたんだから。あんなにたくさんあるのに！

バカじゃないの？　相反する気持ちなんてない。そういうことは二度と口にしないでって言ったよね。

そんなこと言われた記憶はないけど。

まあ、ちゃんと言葉にしてはなかったかもしれないけど。どっちにしろ、あなたの言ってるのは間違いだから。忘れてきた理由ははっきりわかってる。ケモブレイン。

ケモブレインがどういうことか、こっちも知っているのに、わたしが黙っていると、友人は説明を始めた。

記憶は飛ぶし、集中力は持たなくなるし、ぼうっとするし、情報解析がしにくくなる。治療が終わったあとに症状が残ることもある。治療をやめたあとに、ひどくなることもある。認知機能障害。数年続くこともあって、その人の残りの人生にずっとついてくるケースさえある。例ならいくらでも挙げられる、と友人は言う。

あるとき、小包を送ろうとして、宛名を、送る相手ではなく自分にしてしまった。靴を買いに行き、試し履きをしてみたにもかかわらず、間違ったサイズを買ってしまった。同じことをパンツでもやった。失くし物はしょっちゅう。鍵、財布、スマホ。

書いたものは、百回読み直さないといけない、と友人は言う。読むたびに、すくなくとも一カ所は間違いを見つける。いまや、なんのことであれ、自分の判断なんて、ひとつも信じられない。運転手にチップ二十パーセント、と思ってたとする。ところが頭がぐちゃっとなって、いつのまにか二十ドルになってるんだから。

わたしは訊きたくなった。じゃあ、ふたりでここに来ると決めた瞬間のことも、信用できないんじゃないか。あれもケモブレインってわけじゃなかったって、どうすればわかる?

Ⅱ

偶然の一致の不思議。

何時だろう、とスマホをタップする。スマホは机に置いた本の上にある。本はたまたまベン・ラーナーの『10：04』。そして時刻は10：04。

猫を肩に載せたまま新しい映画について読んでいた。「吸血鬼」という単語を読んだ瞬間、これまで噛んだことのなかったその猫が、わたしの首に歯をぶすっと差しこむ。

コロンブス・デーに銀行口座の残高を確認したら、ぴったり一四九二ドル。

ニュースで報道された、激しい口論をするふたりの男性。白人と黒人の男性だ。白人男性の苗字がブラックで、黒人男性の苗字がホワイト。

そしてここに、この家の居間の本棚にあったのが、〝七〇年代ニューヨークの暗黒裏社会を舞台に繰り広げられる、ハイスミスとシムノンの流れを継ぐサイコスリラー〟。

それほど驚くことじゃない。同じ本を持っている人は山ほどいる。驚くべきは、その本の、あるページの角が折れていたこと。新しい章の始まりで、前回、わたしが読むのをやめた場所だ。

殺人犯は大酒飲みだ。新しいヒップな友人たちは、マリファナを吸えばアルコール依存症が治るという俗説を信じているが、殺人犯はドラッグを警戒している。ある日、ハシシ（大麻に含まれる樹脂を乾燥させたもの）が混入されているとは知らずに、ブラウニーを食べさせられる。それからというもの、殺人犯は、アルコールをやめないまま大麻を貪欲に摂取して、どちらにも依存するようになる。その行動がしだいに破綻していくにつれ、女優は、この男とそもそも友だちになったことを後悔しはじめる。とりわけ、女優の親友で、殺人犯に夢中になった子を彼が誘惑し、虐待し、捨ててからは、その後悔はさらに強くなる。でも、なにより殺人犯の破滅の元になったのは、依存症状だった。妄想癖が激しくなり、コントロールが効かなくなったことで、奇妙な行動をとりはじめるのだ。やがて女優は、彼が公園で絞殺された女性のことを知っているんじゃないかというかすかな疑いを持ちはじめる。殺人犯にレイプされたあと、女優はその疑惑を警察に伝える。その後、女優は演技力を駆使して殺人犯をはめ、犯行を自白させる。その様子は警察が前もって女優のアパートメントに仕込んでいた機器に録音される。自白と同時に女優はなんとか逃げおおせ、殺されずに済む。

審理期間中、殺人犯は、この裁判が大注目を浴びていることに気づき、自分についての本が書かれるだろうと想像する。ベストセラーになり、メジャー映画会社によって映画化されるところまで。そこではっとした。自分の役を演じるのは、俳優として優れているというだけでなく、すばらしいダンサーでなくてはだめだ。もちろん、それこそがジョン・トラボルタ。ここで読者は彼に別れを告げる。終身刑を宣告され、銀幕に映しだされる自分の役を、ジョン・トラボルタが演じることを妄想する殺人犯。

あと五十ページほどあるのだが、殺人犯の運命が決まってしまったのに、この先読む気になれるかわからない。きっとなにかしら意外な展開があるのだろうが、ミステリ小説の意外な展開は、それほど好きじゃない。

ショッピングモールに書店がある。ふたりで立ち寄ったとき、わたしより前に友人が気づいた。ねえ、この町にあの人が来るよ。

正確に言うと、この町ではなく隣町の、州立大学のキャンパスのひとつ。「どれほどひどい事態になりうるか」。世界危機に関するカンファレンスだ。

ポスターによると、一週間後。

偶然の一致の不思議。

行く気ある？　と友人が訊く。

その講演はもう聴いたと言ったはずだとわたしは答える。講演の元記事を読んだのはもちろんのこと。

そうだったね、と友人は言う。忘れてた。

気を悪くしないでほしいんだけど、わたしはいやな男だとずっと思ってた、と友人は付け加えた。

攻撃的で傲慢で尊大な男性ジャーナリスト、と友人は彼のことをそう言ってから、同じタイプの何人かの名前をすらすらと挙げた。

それでも、彼はわたしが頼りにしていた人だ。わたしがすべてを話していた人だ。この試練がすべて終わったら、電話をかける相手だ。それでもわたしは、こういうことをひとつも言わない。

友人は、わたしが知るなかでもおそらくいちばんの読書家なのだが、いま、読むことが難しくなっていた。余命宣告をされてからそうなった、と友人は言う。同時進行で何冊も読んでいて、そのどれについてもどんどん読み進めて新しい本を手に取りたい。そう思っていないのは、友人にとって人生初のことだった。

読んだことのある本と向き合ってみようとした、と友人は言う。自分にとって大きな意味のあった本をね。

でも、以前のような魔力がそこにはない、と友人は言う。好きな作家、好きな本。前のようにわたしに訴えかけてこない。こっちには根気がない。そうなると、駄作を読んでるときと、実際、それほど違いがない。ずっとこんなことを言いたくなってしまうんだから。どうして、こんなこと、つらつらとわたしに語っているの？

わたしは、とある作家が文芸誌のブログに書いていたことについて話す。元教授を訪ねたときのことだ。近代文学に対する教授の情熱が、学生だった作家に感銘を与え、作家としての礎《いしずえ》を作った。元教授はいまや車椅子に座って時間を持て余していて、近代の巨匠の作品を読んでいるという。フォークナー、ヘミングウェイ、スコット・フィッツジェラルド、などなど。彼らの作品に、変わらぬ魅力を感じましたか、と作家が尋ねると、老人はいや、と答えた。まったくくだらないね。まったく読む価値なしだよ。

でも、読書だけじゃない、と友人は言う。なにに注意を傾けるべきなのかの見極めが難しい。たとえば、音楽についても妙な感じになっている。以前はいろんな種類の音楽を聴くのが好きだった、と友人は言う。でもいまは、音楽のせいで心がざわつく。そんなの、ありえないよね？　ほとんどのポップソングがどれもこれも同じに聞こえる、と友人は言う。そして歌詞の無意味さ（この原則に例外がないのはどういうわけ？　と友人は言う）がこれまで気になったことはなかったのに、いまではそのせいで気が塞ぐ。

しかも最近、クラシックを聴いても気が塞ぐような気がすることが多い、と友人は言う。過剰なんだよね。シリアスすぎたり、感動的でありすぎたり。耐えられないほど悲しすぎたりする、と友人は言う。

これを聞いて、わたしは驚いた。最近、わたしもクラシックを聴くと同じように不安な気持ちにさせられるようになっていたのだ。かつては大好きで、至福の恵みであり、心のよりどころであった音楽を、もう聴けない。この変化がどういうことなのか、わたしにはまったく理解できなかったけれど、とにかく、とても辛かった。

家主は古い映画の愛好家のようで膨大なＤＶＤコレクションがあり、そのなかに、ふたりとも観ていない『明日は来らず』があった。この作品からインスピレーションを得て生まれたのが小津の傑作『東京物語』だというのを憶えていたので、ぜひ観たいと思った。

大恐慌。家も貯金も失った老夫婦が、仕方なく子どもたちの支援を仰ぐ。ふたりは負担にはなりたくないし、夫は勤勉に働いてきたこれまでのように一家の大黒柱であろうと努力するのだが、年齢的に仕事を見つけるのは不可能だとわかる。子どもたちにとって、老いて貧しい両親の面倒を見なければならないのは、実際負担で、彼らは怒りをほとんど隠そうとしない。五十年以上も幸せな結婚生活を送ってきた夫婦は、離れ離れになると考えるのも耐えられないが、子どもたちにとって、それが唯一の公平かつ実効可能な解決策だ。最初は一時的なだけのはずだった別居は、結局、永続的なものになる。妻が預けられた息子夫婦の家から何マイルも離れた娘の家に、夫が移されることになったのだ。子どもたちは両親のためにお別れディナーを準備する。だが、子どもたちの裏切りにうんざりしたふたりは、夫がカリフォルニアに行かされる前に残された最後の一日を楽しむために、そのディナーを欠席してふたりだけの夜を過ごそうと決める。新婚旅行で泊まったホテルで食事をするのだ。夫の列車の時刻がやってくる。駅では、ふたりは健気《けなげ》にも、会うのはこれが最後ではないかのようにふるまう（夫は向こうで仕事を見つけて、妻に迎えをよこすつもりだ。ふたりはすぐにいっしょに暮らせるはず。もう二度と離れずに）が、物語がどういう終わりを迎えるかはあまりにも明らかだ（夫婦にとっても、わたしたちにとっても）。

〝こんな悲しい映画はない〟と評したのはオーソン・ウェルズ（映画監督。『市民ケーン』など）だ。わたしたちはソファに並んで座って観た。喉を詰まらせ、相手にしがみつき、まるで溺れそうで絶望的な状況のなかで、なんとか互いを救おうとしている哀れなふたりのようだった。といっても、観なければよかったと思ったわけではない。どれほど悲しい作品でも、美しく語られた物語には力をもらえるものだから。

家主のお気に入りはバスター・キートンだった。わたしたちはバスター・キートンが丘を駆け下りたり、次々に転がり落ちてくる岩をよけたり、酔いつぶれた妻をベッドに連れていこうとしたり、警察官の大軍から逃げたり、ボクシングのリングに張り巡らされたロープにからまったり、酔いつぶれた妻をベッドに連れていこうとしたり、様々な大男たちにいじめられたり、大きな茶色い牛を可愛がったり可愛がられたり、酔いつぶれた妻をベッドに連れていこうとしたりするのを見た。バスター・キートンが落ちて、落ちて、また落ちるのを見た。酔いつぶれた妻の下でベッドが崩壊するのを見た。そして笑いに笑った。息を詰まらせ、相手にしがみつき、まるで溺れそうで絶望的な状況のなかで、なんとか互いを救おうとしている哀れなふたりのようだった。

友人は何年もヨガをしてきた。ヨガのインストラクターのアルバイトをしていたこともある。町にはヨガスタジオがふたつあって、二種類のヨガクラスを受けられる。でも、友人はどちらにも興味がなかった。たいていの人と同じで、友人がヨガをしていたのは、主に体型を維持するためだった。啓蒙的なこととはまるで関係ない。ほかの人がなんと言おうとね、と友人は言う。わたし自身は、ヨガをして精神的に成長した人も、道徳的な面で人格がすこしでもよいほうに変化した人も見たことがない。しかも、ヨガをしている知り合いはとんでもなく多いのに。ヨガのおかげでよりよい人間になったと言える人は見たことがない、と友人は言う。ただし、よりよいっていうのが、自分のことをより優れていると思うようになるっていう意味じゃなければ。どちらかと言えばね、と友人は言う。どんどん自己中心的になっていくのは見たことがある。心理療法を受けた人もそうだと思う。いずれにせよ、友人はもう体型を気にする必要はない。余命宣告されてから、友人が唯一楽しんだ運動はウォーキングだった。友人の体調しだいで、わたしたちは町をぶらついたり、自然保護区に入っていったりした。日によってはかなりゆっくり歩かなくてはいけないこともあったし、途中で座って休まなくてはいけないこともあったけれど。たいていは、いっしょに出かけた。ただ、朝、起きると、友人がすでにひとりで出かけてしまっていることもあった。友人はよく、かなり早起きをした。夜明け前だ。夜じゅう寝ずに起きているんじゃないかと思うこともあった。本人は本当にちゃんと寝ているとは言っていたけれど。意識がなくなることも怖くないし、暗闇も怖くない。死を前にした人はみんな怖がると言うけどね。自分は死を恐れていないからだと友人は思っていた。もう逝く準備ができているからだ、と。友人は、音楽の楽しみは失われても、鳥の鳴き声は変わらず楽しめることに気がついた。そのせいもあって、早朝の自然保護区に呼ばれるようにして出ていくのだ。天国でも鳥の鳴き声は聴けるもんね、と友人は言った。まるで天国が存在するかのように。

わたしもヨガに興味はなかったが、近所にジムを見つけた。あの書店と同じショッピングモールにあるスポーツクラブで、会員権を買わなくても、パーソナルトレーナーをつけて料金を払えば、毎回ビジターとしてワークアウトできると言われた。だいたい同じくらいの時間に来れば、同じトレーナーについてもらえる。とはいえ、本当は、ひとりでやりたかった。わたしは隣に誰かがついていて、見守られたり、回数を数えられたりするのは嫌いだ。運動中に考え事ができないし、いつものジムで他の人についているパーソナルトレーナーが退屈そうにしているのをよく見かけたからだ。

トレーナーは、タトゥーだらけのがっちりとした筋肉を持っているのに、合唱隊の少年のような顔つきで、合唱隊の少年のような澄んだ甲高い声をしていた。

トレーナーがわたしのことを「お嬢さん」と呼んだせいで、わたしたちはかなり悪いスタートを切った。わたしの名前を知ったあとでも、トレーナーは何度かわたしをお嬢さんと呼んだ。それでも、トレーナーの真面目な感じは気に入ったし、彼はけっして退屈そうな顔をしなかった。個人的な質問をされて、わたしが素っ気なく、かつ曖昧に答えたあとは、トレーナーはこちらのことを聞きだそうとするのをやめ、わたしたちは三十分のセッションをおしゃべりなしに進めた。

バーピージャンプをしたことはありますか？

したことがあった。

三十秒で十回はできそうですか？

できた。

わあ、すばらしかったです。すごく力強いですね、お嬢さん。

わたしはすごく息切れしてもいた。ゼーゼーしながら、友人の言ったことを思い出す。体が強いと死に際が辛くなるだけじゃないかという不安。その不安はそのまま体に沈んでいった。まるで槍が刺さったみたいに。希望はなく、死は目の前で、心は解放されることだけを望んでいるのに、体が独自の意志を持って生きようと奮闘している。弱りつつある心臓が脈を打つたびに、いやだ、いやだ、いやだ、と喘ぎながら。

なんて恐ろしい。なんて残酷な。なんて不条理な。

どうかしましたか？　とトレーナーが訊く。

わたしは首を横に振ったのに、その直後に友人が死にそうなのだとうっかりしゃべってしまった。

お気の毒に、とトレーナーが言った。なにかお役に立てることはありますか？　反射的な言葉。人はよくそういうことを言うけれど、こんな決まり文句を言われて本気で喜ぶ人はいない。誰も慰められない言葉だ。でも、わたしたちの言語が空洞化していて、きめが粗く、血が通わなくなり、わたしたちがいつだって自分の感情を表現できずに、馬鹿丸出しで口ごもるだけになってしまうのは、このトレーナーのせいじゃない。高校の教師があるとき、わたしたちにヘンリー・ジェイムズの有名な手紙を読ませた。悲しみに打ちひしがれた友人のグレース・ノートンへの手紙で、出版後、共感と理解を表現する最高峰の模範例とされてきたものだ。そんな手紙でさえ、出だしはこうだ。「なんと言ってあげればいいのか、わたしにはわかりません」。

座りましょう、とトレーナーが言う。だからそうした。床に敷いた厚手のエクササイズマットの上にふたりで腰を下ろす。

ハグできればいいんですが、とトレーナーは言う。でも、いまじゃもう、お客様に触れることは許されていないんです。マネージャーが、訴訟とかそういうのになると困るって。でも、それ、問題なんですよ。だって、間違っているのを直したり、正しい姿勢みたいなことを説明したりするのは、言葉だけじゃ難しいこともあるんです。それに、触れるってとても大事なことですからね。

もはやわたしは、タオルに顔を埋めていた。肩がガタガタ揺れている。

だから、想像だけしてくださいね、とトレーナーが言う。いま、ぼくの両腕があなたの体の周りにあって、大きくて温かいハグをしてるんです。その声が震える。すみません、とトレーナーが言う。子どものころから、誰かが泣いてるのを見ると、どうしても泣かずにいられなくて。

それはあなたがまだ子どもだから、とわたしは言葉にせずに言う。

ふたりとも落ち着いたあと、トレーナーは言った。ワークアウトするのは、あなたにとってすごくいいことだと思いますよ。運動はストレスに効く最高の薬ですから。それに、憶えておいてくださいね、ぼくがついています。

けれど、そのあと、わたしはそのジムに二度と行かなかった。実際のところ、またワークアウトする気になれたのも、かなり経ってからのことだ。

別れ際、トレーナーは言った。あなたがいま、どんな思いをされているのか、お察しします。どうか自分を大事にすることを忘れないとぼくに約束してください。

わたしは目を閉じた。まぶたの下で、目玉をぐるりと回しているところを見られないようにするためだ。

トレーナーが甲高い声でわたしの名前を呼ぶのを聞いたのは、駐車場にいたときだ。すみません、とトレーナーは言いながら走ってきた。あなたをこのまま帰してはいけない気がして。それから、さっと辺りを見回して誰にも見られていないことを確認すると、大きな温かいハグをしてくれた。

帰り道、この話を友人に話す自分を想像していたが、そんなことはできないのだと、はっと気づいた。

誰が言ったのか知らない。誰か、もしかしたらヘンリー・ジェイムズかもしれないし、そうじゃないかもしれないけれど、とにかくその人が言った。この世には二種類の人間がいる。誰かが苦しんでいるのを見たときに、ああいうことは自分にも起こりうると思う人と、絶対に自分には起こらないと思う人だ。前者のタイプは苦しむ人に手を差し伸べるが、後者は人生を地獄にする。

Ⅲ

ジムに行ってくる、とわたしは友人に告げた。すぐにもどるね。

本当は、元恋人と会うことになっていた。わたしたちは、カンファレンスでの彼の講演会の翌日に、町にいくつかある水辺のレストランのひとつで、ブランチの約束をしていたのだ。

うまくいったかと尋ねると、元恋人は肩をすくめた。

「質疑応答がないのが、不評だった。臆病者に見られるだろうって言われたよ。そういうことが、気になる時期もあったけど」

「いまは気にならない？」

「ぜんぜん」

「人にどう思われようと、もう気にならないんだね」

「いや、もちろん気になるよ。みんなだいたいそうだろうけど、ぼくは他人にどう思われているか、あれこれ思い悩むことに、時間を使いすぎた。ぼくの印象。評判。実際にはこういうものが大事だったのか、あるいは、すくなくとも、ぼくがかつて思ったほど大事なことだったのか、よくわからない。まあ人生の半分は、もっとくだらないことを考えて無駄にしてきたけどね。最近は、目の前にあるどでかい問題を見ないふりしてみんなが気にしてるようなことばかり考えてるよ。《ニューヨークタイムズ》のホームページがすごく楽しくて、恐ろしいトップ記事からどんどんスクロールして下がってくると、よりよい生活のためにとかそういう記事が出てくるんだ。正しい姿勢を手に入れるには。バスルームの掃除法。学校に持たせるお弁当の詰め方」

「よりスマートな暮らし」。わたしの人生にも、バスルームを掃除することで、正気を保つのが楽になった時期があった。時短で家事を終わらせられるかどうかにすべてがかかっているように思えたこともあった。仕事の休憩時間に静かな場所を見つけてその朝自分で用意したサンドイッチとフルーツを食べる瞬間より大事なものはないと思えた時期もあった。ひとときの平穏。不安と憂鬱からいっとき離れられる時間。これがあれば、やれる、と思った。もう一日頑張って生きられる。

「ここ何年も、物事への興味が薄らいでいってるのは認めるよ」と元恋人は言った。「小説も、そうだな、もうどのくらいになるかわからないくらい読んでない。本当のことを言うと、いま読んでる本は、仕事関係ばかりだ。ほかになにもできないほど疲れているときにはちょっとテレビを観る。でも、最近はもう映画も観に行かない。美術館にも、コンサートにも行かない。言うまでもないけど、バケーションもなし。仕事以外で旅行はしない」

元恋人は何十年ものあいだ、世界のあちこちで芸術と文化について講演してきた。まったく興味をなくしてしまうなんて、そんなことありえるだろうか？

「もし世界じゅうの詩人が今日、いっせいに気候変動についての詩を書いたとしても、木、一本さえ救えない。とにかく、芸術なんて、偉大な芸術なんて、過去のものにしか思えないんだ」

「そんなのおかしい。いまほどプロの芸術家の多い時代はないのに」

「確かにね。でも、ある種の天才的芸術家は、もうこの先現れないように思えるんだ。いまは偉大なるテクノロジーの時代。天才はたくさんいるけど、たとえばモーツァルトやシェイクスピアレベルの創造力のある芸術家は、一九〇四年生まれのジョージ・バランシン（ロシア出身のバレエダンサー）が最後だよ。どうあれ、ぼくは前みたいに芸術には人を救う力があるとは思えないんだ。いやさ、誰だって思えないだろ？　いまの世界の状況を考えたら」

「セックスについてはどう？」

「なんて？」

「前は大事だったことに、いまは興味が持てなくなったって、さっき言ってたじゃない」

「ああ。それについてもだよ」と元恋人は言う。「率直に言って、ほっとしたよ。たいていの男は、人生のほとんどを、自分が犬みたいだと思いながら生きてるんだ。思い返すと、正直な話、ぼくの性生活は、満ち足りていたというよりは、屈辱的なものだったと言ったほうがいい。リビドーをなくせる薬があったら、のんでいたと思うね。すくなくとも、もっとやんちゃだったころなら。そうすれば、もうすこしましな人間になっていたと思う。いずれにせよ、ぼくが偏執的になってきてるというのはほんとだよ。このところは、書くのも講演するのも、ひとつのことについてだけだし。そのせいでカッサンドラ（ギリシャ神話に登場するトロイアの王女。アポロンの求愛を拒んだために、予言を誰にも信じられない呪いをかけられた）みたいな気分になっても。そのせいでみんなに嫌われて、殺害の脅しさえ受けても。いま独身で、ひとり暮らしなのが幸いだよ。でも、知らない人ばかりではないんだ。たくさんの友だちが離れていったよ。実の息子も、ほとんど口をきいてくれない。息子の妻が三人目の子を妊娠してるとわかって愕然としたのを、ぼくが隠さなかったから。彼女に近づくなとさ。ぼくが怖くて流産したら大変だからって」

「ということは、あなたはもう、お孫さんがふたりいるんだ。それは知らなかった」

「男の子がふたり。五歳と三歳」

ほかの人は、どう対処するんだろう。何年か生活をともにして、同じ部屋に住み、同じベッドに眠り、同じ（というか、あなたが勝手に同じだと信じていた）未来図を胸に抱いていた。長い時間をともに過ごし、大事なことを決めるときは必ず相手に相談して、相手と自分の境界がどこなのかもわからなくなるくらいにまでなって——

「写真ある？」

——それなのに、信じられないことに、同じ人生のなか（結局のところ、人生はなんて短いんだろう）で、相手のいちばん重要な情報さえなにも知らなくなっている日が来る。
「もちろん、あるよ。でも、きみはほんとは見たいわけじゃないだろ。儀礼的にそう言ってるだけで」

地下鉄での出来事。いったい、なんであの男性はわたしに微笑みかけているんだろうと思っていると、その男性は体を前に乗り出して名乗った。何十年も前、大学を出たばかりのわたしたちは、同棲を始めた。自分のかつて愛した大事な人（あとでわかったのだが、いまは結婚していて子どもが生まれたばかり）が、地下鉄北方向の急行で向かいの席に座っていたのに、わたしはどういうわけか気づけなかったのだ。
「でも、あなたにとっては辛いことなんでしょうね。息子さん夫婦の未来をすごく悲観しているんだから」

あの人がすっかり変わってしまったからだろうか。それとも、わたしが彼の存在を、心の奥底に葬り去っていたからだろうか。
「とても耐えられないくらいだよ」

こんなこともあった。また別の元恋人の話。ピザ店の窓越しに、その元恋人を見かけた。彼はスマホに気をとられていてこちらに気づかないが、わたしは立ち止まってじっと見るうちに、情熱と悲しみを味わったあの何年かに引きもどされた。失われた年月、とわたしが苦々しく嘆くようになった日々。店にいるほかの何人かの客が好奇心を持ちはじめていたのも気にせず、わたしはさらに見つめた。知りたかったのだ。どうしてこの程度の感情しか湧き出てこないのか。かつてはわたしにとってすべてであり、ほかのなににも代えられない存在だったのに、どうして心がまるで動かないのか。

史上最高にロマンチックな映画で、ある女性が、戦争に出た恋人の男性のことを想いつづけている。いつのまにか顔さえ思い出せなくなってきているというのに。彼のためなら死んでもいいと思っていたのに、と女性は言う。わたしが死んでないのはどうして？

〝史上最高に悲しいミュージカルは〟と、ある批評家は断定した。〝『シェルブールの雨傘』だ〟。

「それで、本当に希望はないと思ってるわけね」

その数年後、フィラデルフィアの友だちのところへ行こうと列車に乗っているときに、わたしの前の、席と席のあいだから覗く手、本を持っている右手（しか見えなかった）が、彼のものだと気がついた。話しかけるべき？　だめ。別の車両に移るのもだめ。彼の後ろの席に座ったまま、わたしは考えていた。どうしてもっとなにか感じないんだろう？　それでも、かつて感じた思いはよく憶えていた。愛情。憎しみ。交わした約束。もう二度と約束なんてしない。わたしの人生を誰かほかの人の人生に繋ぎ合わせるようなことは、もう二度としない――

「ぼくの考えていることは聞いたよね」と元恋人は言う。「科学を知れ、世界がそれにどう対処しているか見ろ。これほど単純な話はないだろ？　炭素を空中に吐き出しつづけたら、遅かれ早かれ、っていうか、日に日に『早かれ』になってるように見えるけど、とにかく、ぼくたちは終わる。間違っちゃいけない。ほんのすこしでも希望があるとすれば、それは自由民主主義が生き残れるかどうかにかかってる。極右主義の台頭くらい、生物が生きられる地球の終わりを早める要因はないからね。気をつけろ。恐ろしいものがふたつ、並んでこっちに向かってきているぞ」

「でも」とわたしは言う。「子どもを持つことに対するあなたの考えだけど。論理的な次のステップは、みんなで自殺するってことにならない？　つまり、わたしたちのすることなすことが、実際、ぜんぶ問題に繋がってるわけだから。明かりをつけるたび、車に乗るたび、いまの段階ではなにをしたって、たいていは資源を消費することになる。地球を汚すことになる。ほかの種を破壊し、自分たちの子孫の未来を閉ざすことになる。わたしたちのうち、それなりの数が自ら消えるという犠牲を払えば——それは役に立つんじゃない？」

「どう見ても、そんなことは起こりえない」

「子どもを作るのをやめるっていうのだって、同じくらい起こりえないでしょ」

「でもまあ、そうなるだろうな」

「どういうこと？」

「暑さとか、食料や飲料水が足りないのを苦にして、自ら命を絶つ人が出るって話。そこまでの状態になる前に、そうする人はたくさんいると思う」

「あなたはどう？」

「ぼくはそういう気持ちがあるとは思えない。たいていの人は、実際はしないんじゃないかな。

いくらそうすると思っていても。まあ、核戦争がなければ、ぼくたちの世代、つまり、この大災難を防ぐことができたかもしれないのにしなかったぼくたちの世代は、最悪の状態は免れるだろうな」

「つい最近、書評を読んだ。ある研究員が、地球環境を守るために、それなりの数の人間を殺す意図で、パンデミックを引き起こす感冒のウイルスをわざと世に放ったっていう本の」

「なるほど？　それで、地球環境にどう貢献したって？」

「書評家はそれについては言ってなかった。ほら、ネタバレしたくないから」

「ぼくがネタバレしてるっていうジョークを言ってた人がいたよ。『踏んじまった』ってそいつはツイートしてた。『地球上の生命の終わりを知っちゃった』。ウィットを利かせてるつもりなんだろうな」

「皮肉屋なだけでしょ」

「ぼくは、ファ、ク、ト、を報告してるんだ。敵意むきだしの反応ばかりたくさんくるのはおかしいよ」

「問題はあなたの態度」とわたしは言う。「不機嫌で尊大だと思われてる。威張ってるようにさえ見られると思う。そんな状態で、ただ立ち上がって話すのはよくない。希望はないなんて」

「つまり、真実を言うなと？　本気で信じるなんてできないからだよ。これからの数十年かそこらで、人類が準備を整えて事態を好転させることができるなんて。その時期を過ぎたらもう引き返せないんだから」

「よくわからないけど。でも、恐ろしい真実を伝えるあなたのやり方が、なんかよくない。まるで、話すのに快楽を感じてるみたい。気味の悪い満足感みたいなものを味わっているみたい。言い換えれば、あなたの人間嫌いがあふれ出ちゃってるわけ」

彼は笑った。「つまり、ぼくの防衛装置がってことだね。ぼくが孫たちを待ちうけてる苦しみを想像して快楽を感じてるなんて、本気で思ってないよね。だけど、ほんとのこと言うと、自分でも嫌気がさすよ。ほかのことはさておき、許せないのはアメリカ人、っていうのはつまり、恵まれた、高学歴のアメリカ人のなかで、気候変動否定論者を、世界でもっとも権力のある要職に選んだ人たちだ。あとは、化石燃料と地球温暖化の因果関係についての研究結果を、まだ手を打てたかもしれない時代に隠蔽《いんぺい》していた石油会社の社長たちも許せない。ぼくに言わせりゃ、その非道さは、世界じゅうで繰り広げられているすべての虐殺の上をいく。きみはどう思ってるか知らないけど、ぼくは人間が正しいことをするなんて、もうまったく信じられなくなっているんだ」

「でも、まったく希望がないなら、こうして講演を続けるわけがないじゃない」

「矛盾してる。わかってるよ。たぶん、孫たちが大きくなって、おじいちゃんはどこにいたんだ、おじいちゃんはなにをしてたんだって訊かれたときに、すくなくとも目をそらさずにいたいという気持ちがあるんだと思う。ばかげた思いやりをいまさら人々の心に目覚めさせたって、もう間に合わない。そんなことはわかっているけど、それでも、人々は真実を聞かなくちゃいけないんだっていうのは、おかしなことか？　記事を読んだり、講演を聴いたりするすこしの時間だけだとしても、止めることができたかもしれないのにしなかった、自分たちの恐ろしい愚行や邪悪さについて、すくなくとも考えるくらいはするべきだというのは、おかしなことか？　実際、新生児を目にするたびに、気持ちが沈むんだ。ひどく腹が立つし、同時にかなりの罪悪感にさいなまれる。こういうことをしてるのは、以前もっと頑張ってやるべきときに、やらなかったからだ。ぼくは、どうでもいいことに人生を無駄に使ってしまった。そのときはそれが大事なことに思えていたんだけどね」

「それであなたは、他人を許せないし許すつもりもないって言うけど、自分は許されたいんだね」

「そうだよ。あの子たちから。孫たちからの許しがほしい」

その瞬間、キャンバス地の双子用抱っこひもをつけた女性がレストランに入ってきた。ひとりを胸に抱き、ひとりはおんぶしたその女性は、ドアに背を向けた状態で座っているわたしの元恋人の視界には、ありがたいことに入らずに済む。

「それはさておき」と元恋人は言う。「おいしいクロワッサンだったね」

あなたのお気に入りのひとつ、とわたしは口に出さずに言う。

そんな言葉にも、元恋人は、で、きみはいつもチョコクロワッサンだった、と返す。

ようやく、話題が友人の話になった。

「彼女にずっと前から嫌われてるのはわかってる」と元恋人が言う。「同じ部屋にいると、必ずそう感じたんだ。でも、ぼくは尊敬してるよ。優秀なジャーナリストだった。過去形を使うのが残念だ」

「彼女は気にしないと思う」とわたしは言った。これには確信があった。

「彼女が正しいことをしているっていうことに、疑問を持ったことがないよ」と彼は言う。「もし自分がその立場だったら、そういうことができるほど強くありたいとずっと思ってきた。それに、きみがしようとしてることも正しい。ぼくに言わせりゃ、すごく勇敢なことだ」とさらに言う。「でも、きみがどんな思いをしているのか、想像もできないよ」

どう表現すればそれが伝えられるのか、わたしにもわからない。

わたしは友人が薬を置いてきてしまったために、車でまたはるばるもどらなくてはいけなかった話をした。

「笑うべきじゃないんだろうな」と元恋人は言う。

「彼女は気にしないと思う」わたしはまた言った。

「ドタバタ喜劇みたいなことは結構あった」とわたしは言う。「彼女が薬を忘れてきたこともそうだし、それから、二日前にあったこともそう。前に話したけど、彼女の計画では、正確にはいつ薬をのむのか、わたしに教えないことになってる。ある日、目覚めると、それは実行されてるんだって彼女は言ってたの。彼女の部屋のドアが閉まっていたら、それは実行されたということなんだって。彼女はいつもドアを開けたまま寝てる。猫を飼ってたころにそういう癖がついたんだけどね。部屋のドアを閉じて寝ると、閉所恐怖症みたいな感じになりそうなんだって。で、あの朝、わたしがいつもより早く、まだ暗いうちに起きると、彼女の部屋のドアが閉まってた。さあ、どうする？　わたしはパニックになった。気を失うんじゃないかと思うくらい。キッチンに行って、シンクに吐いた。それからグラスに水を注いだけど、口がうまく動かなくて、飲めなかった。キッチンのテーブルの前に座って突っ伏した。しっかりしなくちゃって何度も思うんだけど、どうしてもだめ。ただ、ようやく水は飲めた。どれほどの時間が経ったのかわからない。そんなに長くはなかったと思うけど、外が明るくなりはじめてた。するといきなり、音がしたの。次の瞬間、彼女がキッチンにふらっと入ってきた。あとでわかったんだけど、窓を開けて寝てたんだって。珍しいことなんだ。寒がりだから。ことに夜は。いくら蒸し暑い日でもね。で、夜のあいだに風が吹いて、ドアが勝手に閉まったってわけ」

「笑うべきじゃないっていうのはわかってるよ」と彼はまた言う。「でも、それじゃまるでシットコムみたいだな。『ルーシーとエセルの安楽死（アメリカのドラマ『アイ・ラブ・ルーシー』の主人公ルーシーの親友がエセル）』」

「いやいや、わたしたちだって笑ったよ」とわたしは言う。「実際、いっしょに住むようになってから、あの家でどれほどの笑いが巻き起こったか、誰も信じられないだろうと思う。これについて笑ったのはすこし経ってからだけど。あのときは、おかしいなんてまったく思わなかった。怒りで文字通り震えてた。家じゅうのものを壊したくなったけど、水の入ったグラスを壁に投げつけて我慢した」

「それで、彼女のほうはどういう反応だった？」

「すんごい冷静。『わたしがまだ生きてるからって、そんなに怒らなくたっていいでしょう？』って言っただけ。わたしがどういう気持ちになったか、もちろん想像できるよね。でも、さっきも言ったけど、あとになって、ふたりでもちろん笑った。彼女がユーモアのセンスを失くさずにいられるのは、すごいと思う。この状況でプラスの面だって見いだせるんだから。リハーサルだと思いなさいよ、って言うの。どういう感じになるのかってわかったんだから、準備ができるでしょ、って」

　何度も何度も頭では考えているけれど、友人は死に向かっているとは、どうしても声に出して言えなかった。

「知り合ってから長いけど、彼女のことをおおらかだと言った人はいないの」とわたしは言う。「彼女との生活がどんなものになるのか、すごく不安だった。でも、意外にも、わたしたちはとてもうまくいってる。ずっといっしょに暮らしてたみたいに。なに？」

「なんでもないよ」

「なんか言いたげな顔して――」

「昔を思い出したんだよ。それだけ。ずっと前のことだよ。憶えてないかもしれないけど、きみはぼくに同じことを言ったんだ」

「憶えてない」とわたしは言った。本当は憶えていたけれど。

「ぼくたちがいっしょに暮らしはじめたすぐあとのことだ」と彼は言う。「あのワンルームマンション。一週間後くらいかな、きみは言ったんだ。ずっといっしょに暮らしてたみたいだって。ごめん。話題を変えるつもりじゃなかったんだ。この生活、結構続くと思う?」

「ううん。そんなに。いつ終わっても不思議はないかな」

「なんでそんな断言できるの?」

「ただわかるの」。またもや、説明の仕方がわからなくなった。「ほんとに信じられないくらいに彼女と波長が合ってるの。なにか飲みたいかと訊こうかなと思っていたら、向こうから言ってくる。オレンジジュースを持ってきてくれないかって。わたしがリモコンに手を伸ばすのと同時に、チャンネル変えようって言ってくる」

そんなことばかりだった。毎日、家の雰囲気はほんのすこしずつ変わっていて、形容しがたいなにかが、ほんのすこしずつ満ちていく。わたしはそれが読めるようになっていた。もうすぐだ。説明はできないけれど、わたしにはわかる。

「繰り返すことになるけど」と元恋人は言う。「予防措置を取っておくのを忘れては絶対にだめだよ。彼女はメモを残さなくてはいけない」(実際、そのメモはすでにできていて、ナイトデスクの引き出しのなかで、あとは日付を記入するだけになっている。友人のきめ細かい計画のひとつだ)。「それから、この計画にきみが関わっていたとわかる証拠、あるいはなんらかの形で協力していたという証拠が、ひとつでもあってはいけない。誰も知らないんだよね？　ぼくたち三人のほかは。それ以上の人に漏らしてはだめだよ。彼女の言ってることは正しい。きみがこの『リハーサル』ができるのはいいことなのかもしれない。気をしっかり持って。警察が来たときにばらしてしまわないように。家は隅々まで調べられるはずだ。きみは質問をされる。前もって決めた台詞以外は言わないことだ。あと、まず警察に電話すること。ぼくより前に」

「彼女の娘にも電話しないと」とわたしが言う。「あなたにかける前に、娘にかけないと」

「そうだね。ただ、言葉を選んで」

「こんなのおかしい」目と喉がちくちくしていた。「なんでわたしたちが、こんな思いをしなくちゃいけないのか理解できない。まるで犯罪者みたい。なんで死期が迫ってる人に、自分の命を終わりにする権利がないの？」

「権利はいまにできると思うよ。老齢の末期患者が増えすぎて、すでに崩壊寸前の医療制度が、完全につぶれてしまいそうだということになればね。かかりつけの医師が診断書を書けばそれでいい。安くて簡単だし、法律上も完全に問題なし。ネットの違法取引なんてしなくて済む」

「本当に、そういうことになると思う？」

「それが唯一の現実的な解決策だよ。それに、ぼくの意見だと、思いやりのある唯一の解決策だね」

とはいえ、ほとんどの人はそれを選ばないだろうけど。というのが、ふたりが言葉にはせずに思ったことだった。

人間が子孫を増やすことが倫理的に間違っているという信念が新しいものではないと、わたしたちは知っている。事実、かなり古いものなのだ。生きることは苦しむことだ、誕生は死を育む、発言権のない人をこの世に連れてくるのは道徳的に不当、というのが人口抑制論者の哲学だ。生まれてこなければ、生きる悦びを奪われる苦しみを味わうこともない。生まれてくれば、誰しもが幾層にもなる肉体的精神的痛み、たとえば、加齢や病や死ぬことにまつわる痛みを味わわざるをえない。苦しみが大幅に減少した、より幸福な未来が来るかもしれないという可能性も、いまある苦しみを正当化することはできない。そして、どのみち、同時代の主たる人口抑制論者たちによれば、よりよい未来など幻想なのだ。もっとも大きな問題は、いまも昔もこれからも、常に人間の本質であるというのが、人口抑制論者の意見だ。すべてがいまとは違っていた可能性があるというのは、嘘ではない。けれど、そうなるためには、われわれが別の種である必要がある。人間は学習しない。同じ間違いを何度も何度も繰り返す、と人口抑制論者は言う。「われわれは、受け入れられないことを受け入れよと要請されている。人間が、そしてその他の生き物が、いまこんな思いをしているのはやむをえないことだというのは、とても受け入れられる話ではないのに。しかも、それに対して尽くせる手立てはほとんどないのだから」

あなたに子どもはいるのかという質問には、人口抑制論者は答えない。

Ⅳ

あとになって、つい白状してしまった。あの朝、ジムに行ったのではなくて、元恋人と会っていたこと。誰にも言わないという友人との約束を破って、元恋人になにもかも話していたこと。一週間前なら、たぶん、気にしたと思うけど、と友人は言った。友人は、わたしが心変わりをした理由を訊かなかった。

時。わたしたちはふたりとも、この家の敷居をまたいだ瞬間から、その要素が前とは別のものになったことを、はっきりと意識していた。

不思議だね。ふたりで散歩しているとき、友人がそう言ったことがある。ときどき、まるで何年もふたりでここにいたような気がする。

友人の言いたいことはわかった。一週間のうちに、わたしたちの関係性はぐっと深まって、若いころの友情を凌《しの》ぐほどになった。そして、この新たに築かれた親密な関係性のせいで、秘密や嘘を抱えていられなくなったのだ。

あの人のことはずっと気に入らなかった、と友人は言った。でも、あなたの話通りに、そんなに苦しい思いをしてるのなら、気の毒だね。自分の孫が生まれなきゃよかったと思うなんて、こんな悲しいことはないから。でも、正直言うと、わたし自身は、心配しなくちゃいけない孫がいなくてよかったと思ってる。

ディストピアな未来にこんなのもありそう。自分をこの世に生み落としたことで、親を告訴する子どもたち。親たちに与えられていた科学的な研究や警告の数々が証拠として提出される。

〝おたくら、真夜中まであと二分（ヘビーメタルバンドのアイアン・メイデンによる「2 Minutes to Midnight」は、核戦争による世界絶滅を意識している）ってのが、どういう意味だと思ってんの？〟

ときどき、なにも訊かなくても、なにも言わなくても、わたしの心に浮かんだ質問に、友人が答えてくれることがある。わたしたちが日に二回補充している鳥の餌台に、窓越しに注いでいた視線をこちらにもどすか、あるいは、なんとか読もうとして、そしてたいては読めずにいる本から目を上げてから、友人は話しだす。

子どものころが懐かしい、と友人は言う。幸せな子ども時代だったし、そのことを感謝してる。だって、大人になるまで苦労した人をたくさん知ってるから。教科書の入った茶色い革のカバンを振りながら、バス停から家に帰る自分がいまでも目に浮かぶ。あのカバンはわたしの持ち物のなかでもお気に入りのひとつだった。取っておけばよかった。いまこの手で触れられたらいいのに。わたしは歩きながら、その週に習った歌を口ずさんでる。音楽の時間がすごく好きだった！　先生がかけてくれたレコードを、みんなで聴く。そのあと、先生がその歌を教えてくれて、みんなで声を張り上げて歌う。歌のうまい子も、音痴な子も、みんな楽しくいっしょに。それがある独特の音になるのは、気づいたことある？　いろんなタイプの声が合わさる音。聴いてて気持ちいいとは思えない人が多いのは当然。でも、わたしはいつも、子どもたちが歌うのを耳にするたび、鳥肌が立つ。それも、下手なとき、とくに。上手に歌ってるとき、つまり、そのために練習を重ねたみたいな本気の合唱は、まるで天使の歌声だけど、と友人は言う。でも、わたしには、自由そうにも幸せそうにも聞こえない。きっとそれほど楽しんでないんだよ。

あの大好きな学校用カバン、と友人は続ける。それと大切なその中身。ミード社のブラックマーブル柄ノート、学科ごとに仕切るためのカラフルなインデックスシートを入れたルーズリーフバインダー、ペンと鉛筆、鉛筆削り、消しゴム、定規と分度器と鉛筆を入れるタイプのコンパス。こういうものぜんぶのおかげで、自分が大事にされていると感じられた。学校というもの全般のおかげで、愛されていると感じられた。その感覚をとても鮮明に憶えてる、と友人は言う。あのころの自分にはそれを言葉にすることはできなかったけど。誰かがわたしになにかを教えたがってること、わたしの筆跡を、棒人間だらけの絵を、わたしの書く詩のリズムを、気にかけてくれてる人がいること。それが愛だったんだよね。間違いなく、それこそが愛、と友人は言う。教えることって愛なんだよ。そしてその愛は、わたしにとっては、ある意味、両親の愛より大事だった。

なぜかと言えば、両親はどんな些細なことでも、いいことなら誇張したから。母も父も批判的だったことはなくて、なににについても同じようにほめた。わたしがした努力もぜんぶ。そして、うまくいかなければ、テストや宿題が難しすぎたんだって言ってそっちを非難する。先生たちと違って、努力と成果をごっちゃにしてたから、と友人は言う。でも、わたしは騙されなかった。両親の言うことなんて信用できないとわかってた。だから、わたしにとって本当に大事なのは、先生たちの意見だった。ともかく、うちの両親は、子どもの教育になんでも関わりたいタイプじゃなかった。それは学校の仕事だって考えで。早いうちから、家庭で読み書きを習う子はたくさんいるよね。でも、わたしにとって、その記念すべき事件、わたしの人生でなにより大事なステップアップは、学校に上がって初めて起こった。

小学校で習った先生の名前は全員憶えてる、と友人は言う。キンダーの先生から。ミス・ギリングス、ミセス・マシューズ、ミス・ロペス、ミス・バンクス、ミスター・ゴールデンタール、ミセス・ハーシー、ミスター・コーク。みんな大好きだった。子どものころの先生は全員、好き。なかには、あとになって、当時そう見えていたほど優秀ではないどころか、ひどい仕事をしていたとわかった先生もいたけど。それでも、いま思い出しても懐かしい、と友人は言う（そのときわたしは、ほんの数年前にわたしが教えていたことのある大学を卒業した男性との会話を思い出す。誰から教わったのかと尋ねると、男性はひとりの名前も思い出せなかったのだ）。

憶えているかぎり、わたしが特別だったわけじゃないと思う、と友人は言う。憶えているかぎり、クラスメイトの大半はわたしと同じで学校が好きだった。でも、悪いことの記憶もある。困っていた子たちのこと、苦しんでいた子たちのこと。わたしは、ひとりの女の子のせいで途方に暮れたのを憶えてる。ウィニー。くまのプーさん《ウィニー・ザ・プー》ならぬ、「ウィニー・ザ・うんち《プープ》」。みんなウィニーが嫌いだった。先生さえも、嫌っていることを隠しもしなかった。でも、わたしには、その子のなにがそんなにいけないのか、はっきりとはわからなかった。ひとつ言えたのは、ウィニーが母親に変な服を着せられていたこと。まるでヴィクトリア朝時代の小説の挿絵に描かれた孤児みたいな、暗い色の無地のだらんとしたワンピース。丈は膝よりかなり下。いま考えると、あれはどれも同じ型紙を使った手製のものだったんだと思う。靴は、あのださくて、整形外科医みたいなオックスフォードシューズ。でも、ウィニーは誰にも迷惑をかけず、誰とも関わらず、自分の席で身を縮こまらせていて、明らかに、できるだけ目立たないようにしていた。ところが、ときどき、授業中、先生が話していたり、板書していたりする最中に、とくにはっきりとした理由はなさそうなのに、あのおぞましい音、あの動物の遠吠えのような声が聞こえてくる。みんないっせいにウィニーの座ってるほうを見ると、ウィニーは頭をのけぞらせ、口を大きく開き、掌をぎゅっと握りしめたり開いたりしながら、泣きじゃくっている。恐ろしい光景だけれど、同時にすごく変で、すごくコミカルでもあったのは確かで、笑う子もいた。

　ショックだったけど、魅了されもしたんだ、と友人は言う。守られてばかりいたから、苦しむってどんなことなのかも、まるで知らなかった。その子に対して申し訳ない気持ちになったのを憶えてる。実際、人を哀れむということの初めての体験がそれだったんだといまも思ってる。それがどんなに不思議な体験だったか、憶えてる。悪い気分なのと同時にいい気分に思えるっていう、その感じ。どういうこと？　それは誰かをかわいそうに思うっていう、これまでも何度も感じたことのある感情だけじゃない。もっと大きな、なにかしらの行動を必要とする感情だった。

気高き行動のチャンス到来！　嬉しくてならなかった。この哀れで不幸せな、のけ者にされた子と友だちになろう。自己評価がとても高かったわたしは、自分が慈悲深くも気にかけてあげるという栄誉を与えるだけで、その子の人生が変わると思ってた。いまでも憶えてる。この騎士道的な衝動に背骨をくすぐられ、どれほどわくわくしたことか。

ところが、友情を示す行動をとると、ウィニーは感謝するどころか、受け入れることもせず、わたしに敵意を向けてきた。ある日、わたしがトイレに行っているあいだに、わたしのカバンに手をつけた。ウィニーがなにをしたのかわかっていても――わたしが教室にもどったとき、ウィニーはわたしを見てにやにやしたいという誘惑に抗えなかった――先生にノートを出すよう言われると、わたしはウィニーが盗んだと主張せず、自分のノートを「失くした」としておとなしく罰を受けた。奇妙なことに、その事件のあと、ウィニーは結局、わたしと友だちになろうと決めたのよ。罰と言えばさ！　クラスの子たちは優しすぎたくらい。ウィニーはほんとに厄介な子だった。わたしが初めて出会った慢性的鬱病患者だったんだと思う。体にはきびきび動かせる骨は一本もなく、心にはひとつの歌もなく、頭にはひとつの夢もない。ウィニー・ザ・プープ！　ウィニーといっしょにいるのは、まるで暗い、かび臭い地下室に閉じこめられてるみたいだった。その学年の残りのあいだ、ウィニーはわたしにスライムみたいにぴったりくっついていて、しかも不幸なことに、ほかの子たちに、この子には関わりたくないと思わせるような行動を取った。ウィニーをとるかほかの友だちをとるか。でも、ただほかの友だちを選べばいいというような、簡単な話じゃなかった。ウィニーを振り払うためにしなくてはいけないことが、わたしにはとにかくできなかった。なにしろ、この友だち関係を始めたのはわたしだったから。とても恥ずかしくてそんなことはできなかった。だから、次の学年になって、ウィニーとクラスが別れたときには、心底ほっとした。

あなたも過去にもどって、と友人は言う。心のままに過去にもどって。鍵はある。ていうか、鍵があると思えばいい。心のなかで手を伸ばせば――あ、でも、こんなふうにわたしがくっちゃべってるのを聴くのに、もう飽きたよね。

そんなことないよ。続けて。聴いてるから。知りたいから。続けて。

子どものころが懐かしい、と友人は言う。三年生のとき、ひとりの男子がわたしに恋をした。プロポーズまでしてくれた。いや、ほんとなんだって！　ある日の休み時間、その子は片膝をついて、結婚してくれますか？　って言った。わたしは、指輪はどこ？　って訊いた。こういうときは指輪があるものだから。すると、周りに何人か集まってきて、その子のことを笑いものにしはじめた。一週間かそこら、その子は不機嫌そうにして、わたしとも、ほかの誰とも話さなかった。すると、ある日、その子はまた同じことをした。片膝をついて――今度は指輪を出した。それがまたすごい指輪なわけ！　すばらしくきれいでキラキラ光ってたけど、わたしには大きすぎた。チェーンにつけて首から提げてようと思ったんだけど、あとで結局、その子が盗んだものだとわかった。なんと、お姉さんの婚約指輪だったの！　ああ、失くさなくてほんとによかった。

小さな子どもたちにしか許されない、ある種の幸せがあるよね、と友人が言う。つまりね、子どもは、たったひとつのことだけに自分を集中させることができる。誕生日。自転車が欲しい。じゃなきゃ仔犬、じゃなきゃ新しいスケート靴が欲しい。その日が近づいてくると、もうそれしか考えられない。そしてその日が来て、願いは叶えられ、夢は現実になり、なんの邪魔も入らない。そのひとつを手に入れるとき、まるですべてを手にしたみたいな気持ちになる。ところが、ある年を過ぎると、あの感情、あの曇りのない無上の喜びはもう訪れない。それは不可能。なぜって、もうたったひとつのものだけを欲しがることなんてできないから。思春期に入ったらもうそれは無理。

（ここでわたしは、ある友だちの小さな娘のいちばんの願いがバービー人形を持つことだったことを思い出す。母親である友だちは、この性的な特徴を誇張した人形に対して不快感を持っていたので、しばらくは娘の願いを退けていた。ところが、あるクリスマスに母親が折れた。箱のなかから人形を取りだした有頂天の六歳児は、情熱的に宣言した。バービー！　愛してるよ！　前からずっと愛してたよ！）

わたしにとってはね、と友人は言う。学年の始まりは、一年でいちばん幸せな日だった。わくわくしすぎて、前の晩、眠れなかったのを憶えてる。うちは毎週日曜日に教会に行ってたけど、わたしにとっては、学校こそが真の聖なる場所で、希望と感謝と喜びの場所だった。週に一度、神を崇めるのは、完全に抽象的なことだったけど、学びへの愛は——それは現実だった。

でも、知りたいのはね、と友人は言う。どうして娘にとってはそうじゃなかったのかってこと。どうしてわたしは娘に、自分と同じような子ども時代を与えられなかったのか。それから、娘を育てるのにあれほど大きな役割を果たしてくれたうちの両親、ことに母。どうして母とわたしはこうも違う人間になったんだろう？　憶えてるかぎり、子どものころのわたしは寛大で、公平な心を持ってた。みんなのことが好きで、意地悪はせず、ほかの子たちと仲良く遊んだ。独り占めしないこと、人の話は聴くこと。ちゃんとわかってた。それなら、どうして大人になったわたしはこんなに我慢ができなくなった？　バカに耐性がないねって、何度も言われたことがある。それは本当。わたしはバカに耐性がないし、そう言われるのは名誉なことだといつも思った。だけど、うちの両親が常に、批判的なことは言わず、なんでも許して、甘やかしていたことを考えると、どうして大人になったわたしは、親として、そういうふうになれなかったんだろうと思ってしまう。それに、こんなに学校が大好きで、先生たちについてもいい思い出ばかりなのに、わたし自身は教えるのが大嫌いで、できるだけ教えることから逃げてきた。どうしても教えなくてはいけなくなっても、かつての恩師とは大違いで、いい教師とはとても言えなかった。生徒たちに対して忍耐心がなかった。大学や大学院の級友たちに対して忍耐心がなかったのと同じように。たいていの同僚たちに対してもそうだったけど。〝冷たい〟〝怖い〟〝偉そう〟〝いびる〟〝地獄の教授〟〝ビッチ〟。学生たちがわたしの授業のアンケートに書いた言葉。わたしはどうしようなんて思わずに、ただ読むのをやめちゃった。でもいまになって不思議に思えて仕方がない。過去を振り返ると、恩師を思い出すと、あの幸福や愛を思い出すと、どうしてわたし自身は、大人になって、教えるということをこんなにも下に見ていたんだろうって。

声が嗄《か》れてきた、と友人が言う(何時間もぶっ続けで話していたのだ)。もう聴いてるのもうんざりだよね。

わたしは首を横に振った。実際、わたしは夢中だった。友人の言葉のひとつひとつにあまりにも夢中になっていたものだから、なんだかいかがわしいことをしているような気分にさえなった。

これは話したことなかったと思うんだけど、とあるとき友人は話しはじめた。話したことはなかった。でも、わたしは知ってはいた。すくなくとも、噂で聞く程度には知っていた。友人の娘がまだ十代だったころ、友人と友人の恋人のあいだに割って入ったのだ。

これ以上下劣なことはないよね、と友人は言った。娘が母親の恋人を誘惑するなんて。しかも母親の目の前で。あの男はすごくいい気になった。あのバカは。言うに堪えないことが起こる前にあいつをわたしたちの人生から即刻退場させなくちゃならなかった。警察を呼ぶとまで言って脅してやった。あいつがいなくなると、娘はすっかり忘れてしまった。もちろん、本気だったわけじゃなかった。あの子は儚《はかな》い無邪気な子なんかじゃなかった。あの子はただ、わたしを傷つけたかっただけ。そして、できるだけたくさんの人に、そのことを知ってほしくもあった。だから、わたしはこれ以上ないくらいの辱《はずかし》めを受けることになったわけ。

それが、自分が実の娘にどれほど憎まれているかを知ったときだったと友人は言った。

友人はそのときのことがいまだに忘れられない。洗っても洗っても消えない、人生の汚点だと、友人は説明する。ふとした瞬間に思いがけずこみ上げてくる悲しみ。それはとりわけ幸せな瞬間、平穏な瞬間に湧き出てくるみたい、と友人は言う。その瞬間をぶち壊すためにね。

仕事でなにもかもうまくいった日に、思い当たる理由もないのに、いきなりその記憶が蘇って、そのころの思いをもう一度味わわされる。仕事に没頭すれば、やり過ごせると学んだけれど、何日も落ちこんで立ち直れなくなることも過去には何度もあった。

でも、そのことについて娘さんと話さなかったの？　とわたしは訊く。もちろん、娘が大人になってからのことだ。

話したよ、と友人は答える。でも、まったくどうにもならなかった。

娘の記憶は友人のものとはかなり違っていた。娘からすれば、自分にはまるで責められる余地はない。だって、ほんの子どもだったのだから。悪いのは、あの男、と娘は言ったの。ほんとに気持ちの悪いやつだったのに、お母さんはのぼせあがっていて、まるで気づかなかった。そもそもあんな男をあたしたちの暮らしに連れてきた自分を責めるべきだ、って。

かなりあとになって、娘は、母の反応は大げさだったと言うようになった。母が思っているほど大ごとだったなら、自分もよく憶えているはずだと娘は言った。でも、実際のところ、娘は母の歴代の恋人のうち、誰の話なのかも思い出せない。さらにあとになると、母の憶えていることはなにもかも記憶違いだと言うようになった。誰のことかはわからないけれど、とにかく、その男と自分のあいだには、なにもなかった。

人はすべてを許したいと思うものだよ、と友人は言う。それに、すべてを許すべきだしね。でも、許せないこともあると、気づいてしまう。たとえ、もうすぐ死ぬとわかっていても。すると、それが開いた傷口になる。許せないということが。

V

ねえ、気がついた？　と友人が言う。彼女の顔が変わったよ。

居間に飾ってある肖像画の話だ。わたしたちは、その絵にすっかり慣れていた。もう目障りとも思わないどころか、不思議なほど心地のよい存在になっていた。彼女に見守られているみたいだと、わたしたちはふたりとも思っていた。

精霊みたいに、と友人が言う。

家の守り神みたいに。

表情が変わったよ、と友人は言い張る。悲しそうに見える。

そんなことない。悲しそうにはなってない、とわたしは言う。でも、柔らかくはなったかも。

最初に見たときは、ちょっときつそうな人だと思ったから。

前はわたしたちのこと、認めてなかったんだよ。いまは受け入れてくれてる。

わたしたちのことをわかってきたんだね。いまは好かれてるんじゃない？

気持ちがすっとする、と友人は言う。彼女を見てるとね。あの瞳をじっと見てたら、気持ちが落ち着くよ。

彼女の頭上に光輪でも描けば、とわたしは言う。聖画像みたいになる。

肖像画の下に、細い大理石のテーブルがある。ある日、友人がそこにろうそくを一本と、摘んだ野花を生けた小さな白目の花瓶を置いた。

祭壇を作ったんだね、とわたしが言う。彼女に向かって祈りたくなる。

祈りましょう。

眠ってる夢を見たんだ、と友人が言う。夢のなかで目を開けると、彼女がベッドの横に立っていて、わたしのほうに体を屈めてた。

それは夢じゃない。わたしも彼女を見たのだから。


すこし本を読んでもらえないかな、と友人が言う。オーディオブックは好きじゃなかったんだけど、こうして自分で読めなくなると、読んでもらうのはいいものだから。

なにを読んでほしいのかと訊くと、友人はコーヒーテーブルの上に広げてあるペーパーバックを指さした。わたしが何日も前からそこに置きっぱなしにしていたものだ。

ミステリは大好き、と友人が言う。前は週に一、二冊読んでた。最初から読まなくていいよ。

これまでのあらすじをざっと教えて。

本の最終パートは、語り手が三人称から一人称へと変わる。語り手は新米女優で、ここまで読んできたことが、彼女の人生で起こった出来事を元にした物語だったことが明かされる。男性のペンネームで書かれたその本は、もうすぐ出版される。そしてわたしたちは、彼女が連続殺人犯と関わりを持ったあとの三十年にわたる人生について知ることになる。その体験がトラウマになっていて、かつてはあんなに前途有望だったのに、俳優業を続けることができなくなるどころか、生きていくことにも支障が出るくらいだった。そしてなんと、物語にはさらに恐ろしい続きがあるとわかる。

女優の親友は、殺人犯に捨てられたあと、妊娠に気づく。お腹の子どもの父親がサイコパスな殺人鬼だとわかったときには、もう中絶を考えるのは手遅れだった。親友は予定日まで妊娠を隠し、家でこっそり産もうと考える。親しい男の友人に助けを求め、ふたりで田舎の隠れ家に籠る。計画では、生まれた子を安全な場所に置き去りにして、両親が誰なのかは永遠に知られないし、探られないようにするはずだった。ところが、ことはうまく進まず、赤ちゃんは生まれて二日後に死んでしまう。共謀したことに恐怖を抱き、後悔していた若い男は、語り手に隠れ家まで来てほしいと頼んでいた。かなりの鬱で行動もおかしくなってきているふたりの共通の親友に、医者に診てもらうよう説得することを、語り手に託したのだ。こうして語り手は、赤ちゃんの死を目撃することになる。いまでも、と語り手は言う。わたしは赤ちゃんが乳幼児突然死症候群かなにかの不可避な原因で死んだのか、実は精神状態がおかしくなった母親に絞め殺されたのか、わからない。でも、親友とその若い男（と、結局は自分自身）をどうやら犯罪捜査となってしまいそうなもの——その後はかなりの確率で殺害容疑をかけられることになる——から守るために、彼女は赤ちゃんのことは沈黙を通すと約束した。赤ちゃんの遺体は若い男がひとりで森に埋めに行く。

最後の数ページで、わたしたちは知ることになる。赤ちゃんの母親はかろうじて普通の暮らしらしきものを送るようになるのだが、若い男は罪の意識と秘密の重みに耐えきれず、自殺する。語り手は人生で最愛の人と自ら表現する男と結婚間近。婚約者には連続殺人犯に関わることはぜんぶ話していたのだが、その後のことは伝えていない。盛大な結婚式の日が近づいている。小説の締めくくりは、愛する人がすべての真実を知らないまま自分と結婚していいものだろうかと彼女が考えているところだ。彼女は洗いざらい話してしまおうと決意する。そのせいで、最初で最後の幸せになるチャンスを失うことになるとしても。

なるほど、と友人が言う。意外な展開。結婚式でハッピーエンドになりそうだったのに、はてさて、これからどうなるでしょうか、ってわけね。

高校時代の国語の先生が、小説は二種類に分けられるって言ってた。一方は「罪と罰」で、もう一方は「ラブストーリー」。でも、考えてみると、どちらとも言える小説は多いよね。『罪と罰——ラブストーリー』。なかなかいいタイトル。それはさておき、あらゆるよい物語はサスペンスだって言わない？

そして、あらゆる物語はラブストーリーである。

そして、あらゆるラブストーリーはゴーストストーリーである（デイヴィッド・フォスター・ウォレスの言葉）。

そして、あらゆる人がときには誰かを愛してる（ディーン・マーティンが歌ってヒットした名曲。邦題は「誰かが誰かを愛してる」）。

やめて！　友人がキーキー声を出す。笑わせないで。痛むんだから（手術の痕のことだ）。わたしのキンドルに、最近の自作が何冊か入っていたけれど、友人はそれには興味を示さなかった。同時代作家の破壊性と言われるものが好きではないらしい。世界を自己陶酔的にホラーにしたものと世界の未来像との違いについて語るジョン・チーヴァーの言葉を引用する。最近じゃ、たいていが自己陶酔的なホラーみたいだね。それか、まったく説得力のない陳腐な感傷か。


現代生活の恐ろしさを描く本って、と友人は言う。もちろんすばらしいものだってたくさんあるのはわかってる。わかってるから、言わなくていいよ。でも、ナルシシズムや疎外感や両性の関係のむなしさについて書かれた本はもう読みたくない。人間の、とくに、男性のおぞましさについての本は読みたくない。作家の仕事は人々の心を高めることだと言ったフォークナーの考えはどうなっちゃった？

フォークナーは同時代の若い作家たちを叱責したじゃない。彼らが〝まるで人間の終わりのただなかにいて、それを眺めている人のように〟書いているって。

彼らは〝心についてではなく、肉体的なものについて書いている〟って。彼らがそんなふうに書くのは、恐怖のせいだとフォークナーは言った。地球上のありとあらゆる人間がともに抱える恐怖。つまり、いつ吹き飛ばされてしまうのかという恐れ。でも、そういう恐怖に打ち勝つのが作家の務めだとフォークナーは言った。それをフォークナーが勇敢さと呼んだのが、一九五〇年、あの日のストックホルム（フォークナーのノーベル賞受賞スピーチのこと）。それから、〝あの普遍的な真実――愛と名誉と憐れみと誇りと思いやりと犠牲的精神〟へ回帰すること。それがなければ、あなたの書く物語は一日ともたずに儚く消えてしまうだろう。そうフォークナーは警告した。

立派な言葉。ほんとに立派な言葉。でも、今日の作家をどうとらえるのかはいろいろあるけど、こんなふうにきらびやかな甲冑《かっちゅう》を身に着けた騎士、みたいに言うのが、いちばん無理があると思う。

　またあるとき、友人はこうも言っていた。なにもかも不愉快で、お先真っ暗なら、たやすくこの世を去ることができると思うかもしれない。でも、耐えられないのは、わたしがいなくなったあと、世界がこの先、どこまでも豊かで、どこまでも美しいままではいてはくれないこと。そう思うと心が慰められない。

　わたし自身はね、とわたしは友人に言った。前に観た古い映画のワンシーンがずっと心に残ってる。ブロンテ家の家族それぞれの人生を元にした映画。姉妹のひとりが自分に死期が迫っているのを知って、こう言うの。ずっと人生を恐れてきたから、ここから去るのもそんなに惜しくない。でも、こんな日には、と彼女は言う。こんなふうに世界が美しいと（彼女はどこか外に座っているんじゃなかったかな。まあきっと、荒地のどこかよね）、もうちょっと生きていてもいいかなと思うって。

観るものを探してチャンネルをカチャカチャ変えてたときのことだから、観たのはそのシーンだけ。ずいぶん前のことだし、記憶が間違ってるかも。でも、この場面がよく思い出される。しかも、結構しょっちゅう。

話しながら、わたしは居間の大きな本棚をざっと見渡していた。これはどう？　とわたしは言って、下段から重い本を引き出した。『世界の民話とおとぎ話』。

神々と英雄たち、王女に小作人、巨人に小人、魔女、ペテン師、そして動物、動物、動物。これからは、これがふたりの課題図書になる。きっと友人も、この分量なら満足できる。これからは、声が嗄れるのはわたしのほうだ。

ミステリがおとぎ話に似ていることについては、よく語られてきた。愛好者が多い理由には、おとぎ話と同じ理由がいくつかある。人食い鬼《オグル》の代わりが連続殺人犯。王女でも高潔な騎士でも聖人でもないから、まったく曇りのない純真な心の持ち主ではないにせよ、それでも探偵は英雄であり、かならずしも気高き正義の味方ではないにせよ、公正ではある。すべてが単純化されていること。登場人物の類型化。はっきりとした道徳観。有罪無罪の明確な境界線。冷酷さ、暴力、流血シーンはあふれるほどあるけれど、最後には悪は罰せられるし、たとえ善良な人が、それから幸せに暮らしましたとさ、とはならなくても、しっかりとした結末がある。たいていの人の現実の人生には起こらないような結末。

でも、おとぎ話は美しいけどね、と友人が言う。おとぎ話は荘厳だよ。ミステリは違うけど。ほかにも違うところがある。ミステリと違って、おとぎ話は現実逃避ではない。たとえ単純化されていて、おなじみの型にはまっているとしても、おとぎ話のなかの真実は、いつだって深いところにある。だから子どもたちはおとぎ話が大好き(隠されていたなにかしらの力のせいで、どれだけおかしなことでも、よいほうにも悪いほうにもどんなことでも起こってしまうということを、誰よりよくわかっているのが子どもたち)。おとぎ話はリアルだ。どんなミステリ小説よりもミステリアス。だから、楽しませるだけ楽しませたあとは忘れられるのをよしとしているミステリ小説と違って、おとぎ話は古典だ。心について書かれたもので、肉体的なものについてじゃない。

おばあちゃんたちのおかげでおとぎ話があるというところが、わたしは好きだ。どこかの地域で、そこに伝わるおとぎ話を集めようとなると、おばあちゃんたちの語る物語を書き留めることから始める。

あなたの好きなおとぎ話はなに? と友人が知りたがる。

白鳥が出てくる物語ならなんでも、とわたし。初めて『六羽の白鳥』を読んだとき、お姉さんが時間がなくて作り終えられなかった魔法のシャツを着た弟になりたくてたまらなかった。そのせいで人間にもどったとき、弟にはまだ羽が一枚残っていたっていう話。

奇形に憧れてたわけだ。

うーん、そういうふうには思ってないかな。ただ、人とは違う人になりたかっただけなのかも、とわたしが言う。自分のなかの白鳥である部分を保つことができる人。そこにグッときたわけ。

ちょっとどうなのかなって思ってることがあるんだけど、と友人が言う。みんながスリラーとかホラーが好きなのは、日常生活から逃れて、ぞっとするような暴力や犯罪の世界で我を忘れるのがすごく楽しいからだって言うよね？

うん。

なら、どうしてロマンス小説には、体臭がきつい人とのひどいセックスがたくさん出てこないの？

それはアナロジーとしては論理的じゃないよ。

まあ、いいや。ケモブレインだね！　読みつづけて。

わたしたちは、いっしょに居間にいるときには、ソファに並んで座るようになっていた。後ろにのけぞるようにして座り、脚を伸ばしてコーヒーテーブルの上に置く。友人はよくわたしに寄りかかり、わたしの肩に頭を預けて眠ることもあった。わたしが読んでいるあいだに眠ってしまうこともあった。わたしは読むのをやめて、そのままじっとしている。友人の呼吸音にほっとしたり辛い気持ちにさせられたりしながら。病院の父のベッドの横で夜じゅう付き添ったのを思い出す。父の呼吸が苦しそうになって、まるで、病室内に故障した機械があるみたいな音がしていたこと。その音がいきなりぷつんと消えたときの衝撃。まるで機械のスイッチを消したみたいに。そのあとに訪れた静けさ。さっきの呼吸音よりもうるさい静けさ。どんな機械よりもうるさい静けさ。わたしがそれまで生きてきて、聞いたことのないほどうるさい静けさ。

　同じ姿勢で、家の裏にあるポーチの二人掛けの椅子にいっしょに腰かけることもある。そこからだと日の入りが見られるのだ。互いの腕を組むこともあれば、手を組み合わせることもある（触れるってとても大事なことですからね）。そんなときには、おそらく友人にとってわたしがそうであるべきなのと同じように、彼女の存在がわたしにとって大きな安らぎだと感じた。ときどき、友人はなにも言わずに、というかなにも言う必要がないので言わないだけだが、わたしの手をぎゅっと握る。わたしは心臓をぎゅっとつかまれているみたいに感じた。

　ゴールデンアワー、マジックアワー、青の時間《ルールブルー》。刻々と表情を変える空の美しさに、わたしたちはそのままうっとりとしているだけだった。太陽の光が芝生の上に斜めに落ちてきて、わたしたちの投げ出した足に触れ、体に沿ってすこしずつ上がってくる。まるで長く、ゆったりと祝福を与えられているかのように。気づくと、なにもかもあるべきようになっているんだと信じかけている自分がいる。月を見て。星を数えて。〝おまえがいなくてもずっとそこにあったのさ。いつも、世々にいたるまで〟（ジョイス）（ジェイムズ・ジョイス『ユリシーズ』）。かぎりなく豊かで、かぎりなく美しい。なにもかもきっと、うまくいく。

あるとき、ページをめくっていると、友人がわたしの膝に載せていた頭を上げてわたしにキスをした。わたしは笑って、びっくりして、それからキスを返した。すると、ジョークを挟めるタイミングは絶対に逃さない友人は、ベイビー・ジェーンを演じるベティ・デイヴィスそっくりの哀れな声を出して、つまり、ずっとわたしたちは恋人だったかもしれないってこと？（サイコホラー映画『何がジェーンに起ったか？』で、姉を監禁していた妹が言う台詞）と言った。

　わたしはずいぶん身勝手だったね、ずっと、と友人が言う。あなたのことをちっとも考えなかった。あなたのことを考えることを自分に許せなかったんだと思う。でもいま、ここにこうしていて、いま、こういうことぜんぶが起ころうとしていて（こういうことぜんぶとはつまり、容赦のないこと、言い表すことのできないこと、のことだ）、罪の意識を感じる。

　でも、わたしはここにいたい、とわたしは言った。言いながら、それが紛れもなく真実だとわかる。わたしをここから引き離せるものはない。

　そういうことじゃなくて、と友人が言う。あなたを残していくことに罪悪感を覚えるんだ。よくあることだ。なにか究極の状況、つまり危機とか緊急事態にあるとき、とりわけ、そこに死が関係していたり、死がちらついていたりすると、まったく見知らぬ人同士でも、情熱的なほどに親密になったりするし、なかにはその後も長く続くような絆ができることもある。災難、もしくは災難に近いものを生き延びた者たちは、その渦中にいたのがほんのすこしのあいだでも、ともにした経験のあと長年にわたって毎年集まったりする。階と階のあいだで止まってしまったエレベーターに閉じこめられた、初対面のふたりの物語。何時間かあとに救出されたふたりは、すでに結婚することになっていた。そして幸せに暮らしましたとさ。いや、違う。約一年後、ふたりは婚約を破棄する。でも、きっと友だちとしての関係は保ったのだろうとわたしは思っている。

あなたのことはまったく考えていなかった、と友人が言う。あなたにこんな気持ちを抱くなんて、あなたの心配をすることになるなんて、まったく予想していなかった。

そして、わたしが友人に対して抱いた感情は――わたしもこんな気持ちになるとは予想外だった。

わたしたちの状況で奇妙なことは多いけれど、ひとつは食料品の買い出しだ。友人は食への興味をどんどん失っていて、買い物にはまったく行きたがらなかった。スーパーのなかのにおいにさえ、ときに気持ち悪くなってしまうことがある。店内がいつも恐ろしく寒いこと、さらにやたらに大きいこと――バカでかい空港みたい、と友人は言った――にも耐えられなくて、入った瞬間にどっと疲れてしまう（わたしはと言えば、いわゆる大型店に行くと、インラインスケートを履いていたらよかったのに、と思わないことはない）。そういうわけで、たいていわたしはひとりで行った。でも、ふたり分の食料の量を考えるのに、あの恐ろしい「いつまで？」という問いは避けて通れない。というわけで、わたしは百歳のおばあちゃんみたいにぼうっとしたまま足をひきずるようにして、通路を行ったり来たりした。

それから、残念なこともある。わたしの食欲を減退させるものはなにもなくて、この期間、どういうわけか（あるいは、明らかな理由のためにと言ったほうがいいかもしれないけれど）、わたしはいつもお腹を空かせていた。友人といっしょにとる食事は、いつも同じ終わり方をする。友人の皿はほとんど手つかずで、わたしのはきれいに空っぽ。わたしは合間におやつも食べた。体重計に載らなくても、自分が太ってきているのはわかっていて、それが恥ずかしかった。ドーナツやアイスクリームのようなものをガンガン食べるのはやめていたけれど、そういうものが欲しくてならない気持ちが恥ずかしかった。わたしの飽くなき食欲が、死にゆく友人に対する侮辱のように思えたのだ。食べていたのは滋養のあるものばかりだったのに、あとでだいたい消化不良になるのも、さほど不思議ではない。

焦げつくように暑い日でも寒がる友人が、湯舟に浸かろうと決めたのは、わたしがスーパーに行って留守にしていた午後のことだった。この日は、いつもよりも疲労感が辛くて、友人は浴槽に湯がたまるのを、横になって待っていた。

わたしがぬかるんだ床を、水を跳ね散らかして進んでいくと、友人は膝を抱えてベッドに座っていた。困惑して震えていて、船が難破したあと、筏《いかだ》で漂流している人のようだった。

ちょっと目を閉じていたかっただけなんだ、と友人は言う。歯をガチガチさせながら。

わたしはベッドによじ登り、濡れた足を自分の体の下にしまう。これで漂流中の人間はふたり。

こんなはずじゃなかった、と友人は言う。平穏が欲しかっただけ。平穏に死にたかった。なのに、いまじゃ悪夢みたい。この茶番劇。このおぞましくて屈辱的な茶番劇。

それから友人は体を激しく震わせて泣くものだから、言葉もまともに出せなくなった。それでも、どうにか聞き取れた。強くありたかった。抑制できる自分でありたかった。できるだけ世の中に迷惑をかけずに、自分の思うように死にたかった。平穏が欲しかった。秩序が欲しかった。

欲しかったのはただ、身の回りの平穏と秩序だけ。

穏やかな、穏やかな、優美とさえ言っていいような――そう言ってはいけない？――そんな美しい死。

それが、友人が心に描いていたものだった。

気持ちのいい夏の夜、眺めのいい町にある素敵な家での美しい死。

それが、友人が自分のために考えていた終わりだった。

あなたは悪くないよ、とわたしは言った。もちろん、わたしも悪くないけど。それならどうして、ほかの誰でもなく、わたしが悪いんだという気持ちを振り払えなかったのだろう？

わたしは座って友人をどうにか慰めようとしながら、しなくてはいけないことについてどうにか考えようとした。この状況をホストにどう説明すればいいんだろう？　やりたくない仕事だけれど、後回しにしていいことではない。早急に住宅保険の会社に連絡しなくてはいけないだろうから。

ある夫婦が居間でテレビを観ていると、いきなり天井がぱっくり割れて、上の階の浴槽からあふれた湯が滝のようにこぼれてくる。ふたりがぎょっとして立ち上がり、どうすることもできずに頭を抱えていると、玄関ドアが開いて、にこやかに微笑み、制服に身を包んだ魅力的な若者たちが入ってくる。家主である夫婦が銅像になる魔法でもかけられたかのように身動きできずにいるあいだ、若者の一団は仕事にかかり、ぐちゃぐちゃになっていたものをすべてきれいにし、なにもかも新品のように元通りにする。若者たちが出ていってドアが閉まると、呪文を解かれた夫婦には、どこがだめになっていたのかもわからない。まるでなにも起こらなかったかのように、というのがその会社のモットーだ。わたしは何度もそのテレビコマーシャルを見たことがあったし、「火事に水害、清掃と復元」と車体脇にペンキで書かれたトラックも見たことがある。そしていま、すこし動揺しながらも、そのコマーシャルを頭のなかで再生しつづけていた。その魔法から希望を、おとぎ話のような終わりを引き出して。

そのあいだ、友人はとりとめもなく話していた。ここに来たのは間違いだった。愚かな思いつきだった。幻想だった。なにもかもうまくいかないと、わかっているべきだった。こんなことになるなんて、不公平だ。ものすごく、とんでもなく不公平だ。

一瞬口をつぐんだあと、友人が大声で叫んだので、わたしは自分の考え事を中断せざるを得なかった。こんなに不幸だったことはないよ！　自分が憎くてたまらない！

〝絶望のうちに死ぬ〟。そんなフレーズが聞こえてきて、部屋を満たしている水が氷になった。

こんなことが起こっちゃいけない。こんなことが起こるなんて許されない。友人はもはや叫んでいた。これはなによ。なんてざまよ。

それが人生。そういうものだよ。人生は続いていく。なにがあっても。とっちらかった人生。不公平な人生。向き合わなくてはいけない人生。わたしが向き合わなくてはいけない人生。だって、わたしが向き合わなければ、誰がやるっていうの？

第三部

ある作家の書くものすべては、別のものであったかもしれないが、
書かれてしまえばそれまでだ。ある人生が別の人生になったかもしれないが、
生きてしまえば、その人生でしかないのと同じだ。

——インゲル・クリステンセン

I

わたしが書こうとしていた日記、友人の最期の日々の記録は、結局、計画に終わった。始めてはみたが、すぐにやめた。すでに書いた数ページも、捨ててしまった。文字による記録など、まるで残したくないとわかったのだ。たぶん、信用していなかったからだと思う。書きはじめたときから、裏切り行為のような気がしていた。友人のプライバシーへの裏切りではなく、その体験そのものへの裏切り。どれほど奮闘してもしっくりくる言葉は見つからず、日々起こっていることの実際を、正確に表現することはできなかった。書きはじめる前から、わかっていた。どうにか書けたものも、結局は、書こうとしたもののせいぜい端っこのほうでしかなくて、そのもの自体は、わたしの前をすりぬけてしまう。家の玄関を開けたときにするりと逃げ出す猫の姿を、けっして見ることができないのと同じように。しっくりくる言葉を見つけることについてはこうしてぺらぺら語れるのに、もっとも大事なことを表す言葉は絶対に見つけられない。わたしたちはひとつひとつ、言葉を書き留めていく。そうするしかないから。でも、連ねた言葉は、生ではない。死ではない。この言葉の次にあの言葉。違う。ぜんぜんしっくりこない。なによりも大切なことを言葉にしようとすると、どれほど奮闘しても、まるで木靴を履いてトーダンスをするようなものになってしまう。

わかっている。言葉は結局、なんでも歪《ゆが》めてしてしまう。言葉はいつだってそう。作家はそのことをよくわかっている。誰よりよくわかっている。だから、よい作家は、文章の上から、自分の汗と血を垂らす。最高の作家は、書いた文章のなかに粉々にした自分をまき散らす。すこしでも真実を表すことが可能ならば、それができるのは、そういう文しかないと信じているからだ。なにについて書くかよりも、どのように書くかのほうが大事だと信じている作家。こういう作家の作品しか、もう読みたくない。そういう作家の作品だけが、わたしの心を高める。もう読めないのは——

でも、どうしてこんなことをあなたに語っているんだろう?

言葉はなんでも歪めてしまう。それならどうして、不正確な記録など作る? あとで誰かが——そのなかにはわたしも含まれるけれど——読んで、(うっかり)真実だと思ってしまったら? 別の理由もある。日記を書くことには、望んだような、心を落ち着かせたり、慰めたりするような力はなかった。ほっとなんてできなかった。それどころか、満たされない気持ちになった。自分が愚鈍に思えた。愚鈍で、手の施しようもない。不安でいっぱいになった。わたしはなんて無能な作家になってしまったんだろう、と。

ひょっとすると、わたしたちはずっと、バベルの塔の物語を誤解していたのではないか？　元恋人は、この問いについてエッセーを書いたことがある。人間がひとつの民で、みなひとつの言葉を話しているから、これではだめだ、と神が言われた。言葉がひとつなら、人間たちは、名を上げたくて都市を作り、天まで届く塔を作ってしまうかもしれない。実際、全知の神は知っていたのだ。共通言語があれば、彼らに不可能なことはないだろう、と。こんな忌まわしいことが起こらないために必要なのは、ひとつではなく、たくさんの言語を与えることだった。そうしてこうなった。

けれど、もし神がさらに踏みこんでいたら？　種族によってではなく、個々の人間ごとに違う言語が与えられていたら。指紋のようにそれぞれに固有のものを。その上で、人間の人生を、さらに争いの多い、混乱したものにするために、これに関する人間たちの認知を歪める。すると、われわれは、たくさんの人種がそれぞれ別の言語で話していることは理解するかもしれないが、自分と同じ種族の人々は、自分と同じ言語を話していると錯覚させられるのだ。

これで人間の苦しみがかなり説明できるというのが、元恋人の言い分だ。彼はあなたが想像するよりずっと大真面目だ。本気でこう信じている。われわれがそれぞれに言葉を使うとき、自分にははっきりしているその意味が、ほかの誰にも伝わっていない。

恋愛中の人たちも？　とわたしは訊いた。微笑《はほえ》みながら、からかうように、希望を持って。わたしたちがつきあいはじめたころのことだ。彼はただ微笑みを返しただけだった。けれど数年後、苦い終わりを迎えるときには、苦い答えがもどってきた。恋愛中の人たちも、たいていは。

あるとき、ひとりのジャーナリストがこう言うのを聞いたことがある。記事を書いていて、無意識に何度もコンピューターのスクリーンを拭いてしまうときは、自分の文章がおそらくクリアでないのだとわかる。

それで思い出したのが、オーウェルの理想の文体とは、窓ガラスのようにきれいでクリアだということ。

窓の外を見て。学校の先生が、短い作文のお題を出す。なにが見える？

わたしが窓の外を見ると、そこにはまだ怪物がいた。

いまのところ、日記をつけなかったことを後悔していない。でも、いつか後悔するかもしれない。一方で、『ノー・ホーム・ムーヴィー』という映画のことを考えてしまう。その作品のなかで、ベルギーの映画監督、シャンタル・アケルマンは、母親に残された最期の数カ月の、自分との会話を記録している。わたしたちは誰もが、偉大な映画監督であるべきだ。

そういう流行《はや》りなのだとわかっている。動画を作り、編集して、生前その人を知っていた人たちに見てもらえるようにする。亡くなった人の葬儀で流すために作られることもある。なぜかはよくわからないけれど、こういうものを、安っぽい感じにならずに作れることを、わたしはどうも想像できない。

友人が話していたポッドキャスト。病院のソーシャルワーカーに頼まれて、末期患者であるというのはどういうことかについて質問に答えるというもので、あとになって、受けたことを友人が後悔したというあれ。予想していた通りだが、友人が言っていたほど悪いできではなかった。すくなくとも、わたしなら友人のように「脱線した」という表現は使わない。とはいえ、何度かぎょっとはさせられたけれど。〝なにがいちばん懐かしいと思うだろうかって？　なんにも懐かしがりませんよ。死ぬんですから。感情なんてありません〟。乾いた笑いが少々起こる。うんざりしているように聞こえる。実際、友人はうんざりしている（〝わたしがバカに耐性がないって、どれほど言われてきたと思う？〟）。

驚いたこと。自ら命を絶つことを考えたことがあるかと訊かれると、友人はためらうことなくいいえと答えた。実際は、余命宣告をされた日から、このことが友人の頭にあったことをわたしたちは知っている。

後悔は？

娘ともっと時間を過ごさなかったことでもなく、娘と仲直りできなかったことでもなく、もうひとり子どもを作っておかなかったこと（もちろん、ふたつの読み方ができる返答だ）。
バ、ハ、ハ、バケツリストという言葉が大嫌い。末期《ターミナル》より致命的《フェイタル》のほうが好き。死後の世界の存在は信じていないし、それを信じている人がたくさんいることにたまげている。
たぶん、友人が悔やんでいたのは、そのトーンだと思う。怒っているようにも、皮肉っぽい感じにも見られたくなかったのだ。自分の死に対して感情的になるのはふさわしくない《アンビカミング》ことだ（聞く人をちぢみあがらせる言い方で）。友人は最後まで、冷静な物腰というものを、どうにか崩さずに済んだ。

すでにそこに入っていたので、わたしは勢いで同じシリーズのほかの回をぜんぶ聴いてしまった。参加者のほとんどが女性（ソーシャルワーカーも）なのは驚くことではない。いつだって、自分の気持ちを進んで語ろうとするのは、男より女のほうが多いものだから。彼女たちが、病気になったことについて、また死を前にしてどんな思いをしているのかについて、喜んで話す気にならないわけがない。しかも、インタビューを受けている人のほとんどが年老いている。年配の男性が口数がすくなくなることが多いのは、誰もが知るところだ。ことに、その生涯のどこかで戦争に行っていたことのある男性は。しかも、誰かのためになにかをしてくれと頼まれると、女性は心の底から喜んでという気持ちにはなれなくても引き受けてしまう傾向が、男性よりは高いようにわたしには思える（死を目前にした人たちにインタビューを受けさせたり、調査やアンケートに回答を書きこませたりといったことが必要な研究については、否定的な意見もそれなりにあるようだ。残りすくない時間を奪うのは、倫理的な問題になるとか）。

ポッドキャストを聴いて感じるのは、驚くほどどれもこれも同じだということだ。死を受け入れていようといまいと、そこには恐れもある。痛みへの恐れ。暗闇への恐れ。「夜に穏やかに身《ゴー・ジェ》を任せる《ントル》」つもりの人たちにとっても、「夜が穏やか《グッド》」かどうかに関しては確信がない（ディラン・トマスの詩。"Do not go gentle into that good night"は「穏やかな夜に身を任せるな」と訳せるが、夜は死を意味している）（この詩人が自作を読んであげられない唯一の人は、その詩の着想を得た相手であり、詩のなかで語りかけられている人のような気がする。なぜなら、ディラン・トマスの父親は、自分が死ぬとは知らされていなかったからだ）。禅の悟りとはほど遠く、かなり不安があるように聞こえる。インタビューを受けた人全員が、誰かの死に際を見たことがあった。バケツリストも最期の望みも控えめ。クリスマスをもう一度。春をもう一度（「孫たちと最期の休暇を過ごしたいと思っています」……「息子のロースクールの卒業を見届けたい」……「家の改築を終わらせたい」）。いつのまにか過去のことを思い出してしまう人も何人かいた（「母の顔がよく思い浮かびます」。「ここ何年も感じていた、離婚についての怒りはもう感じません」）。残される者に対する悲しみや心配。彼らにとっては、この死が自分よりもずっと辛いはずだから（「子どもたちが、あんなに小さくなかったらいいのに」。「夫はキッチンがどこにあるのかさえわかっていないかもしれません。きっと空腹で死にそうになると思います」。飼い猫の心配はしないの?）。

　自己憐憫《れんびん》の欠如。例外は幼い子どものいる母親。すべて「正しい」ことをしました、とその女性は語る。誰も傷つけていないし、どんな規則も破っていない。わたしはよい人間だった。どうしてわたしが。どうしてわたしが。

ユーモアの欠如。例外は、しゃがれ声の五十歳の男性。彼は自分の碑銘が気になって仕方がない。いい碑銘の話はたくさん聞きましたよ、と彼は言う。お気に入りは「また会いましょう」。使われたことのあるものを使ってもかまわないんでしょうか？　と彼は訊く。それとも、それは剽窃《ひょうせつ》に値しますか？

まるで、そのせいで訴えられるかもしれないというように。

詩集『碑銘を剽窃した男、その他』。友人が喜びそうなタイトルだ。

「バケツリスト」という言葉は、もちろん「バケツを蹴飛ばす」に由来する（kick the bucketには「死ぬ」という意味がある）。でも、「バケツを蹴飛ばす」がなにに由来しているのかを、正確にわかっている人はいそうにない。

バケツとなんの関係がある？　なんで「蹴飛ばす」わけ？　バケツのなかには、なにか入ってるの？（友人談）

わたしはずっと、死にそうな馬のことだと思っていた。馬が倒れるときに餌用バケツを蹴飛ばすから、とか。でも、ソースは見つけられない。

ロシアの迷信で、空のバケツを持ってる人を見かけたら悪いことが起こる、というのとなにか関係がある？

たいていの人は、愛する人と再会できると思っていて、例外は、友人と、さあ、知らない、とだけ答えた別の女性くらいだ。気づいたのはこれが初めてではないのだが、地獄行きを恐れていそうな人はいない。地獄とは他人のこと。もしサルトルの意見に賛成なら。どうやら、たいがいの人にとっては、地獄は他人のためのものであって、自分のためのものではない。それに、また会いたいと思っている相手のためのものでもない。核戦争や気候変動による地球上の命の消滅と同じで、終わりのない恐怖と苦痛の可能性を秘めた来世は、許容範囲を超えているのだ。

カリフォルニアの失楽園《パラダイス・ロスト》。「キャンプファイア」（二〇一八年、カリフォルニアで発生した大規模な山火事。パラダイスを含むいくつもの町が全焼した）により、その町、パラダイスが荒廃したあと、とある論説委員はこう書いた。「人間の想像力が、終わりのない天罰の場を灼熱《しゃくねつ》地獄ととらえていたことと、人間の愚行のせいで、悪化の一途《いっと》をたどる熱波と山火事が作りだされてしまったこと。ふたつの地獄が偶然にも一致してしまったことに衝撃を受ける人はすくなからずいるだろう」

わたしは、ポッドキャストがもっと面白ければいいのにと思っていることに気がつく。もちろん、罪悪感は覚えるけれど。自分について語る口調にもうんざりするし、退屈だとも思いながら（とはいえ、正直なトークセラピーの専門家なら打ち明けてくれるはずだ。患者が自らを解き放つのを聞きながら、寝ないようにするのに大変な努力を要することもあるんですよ、と）、わたしはどうしても思ってしまう。この人たちが話しているのは、自分たちが本当に思ったり感じたりしたことではなく、ほかの人たちが聞きたがっているだろうと思うことなんじゃないか。つまり、受け入れられること、適切なこと——ふさわしいこと《ビカミング》。

「死を前にした人」というのも、ほかと同じように、わたしたちが人生のなかで演じる役のひとつ。そう考える不安になる。人は、自分ひとりでいるとき以外は、本当の自分になれない。でも、もうすぐ死ぬのに、ひとりでいたい人なんている？

誰かがどこかで、それについてなにか新しいことを言ってくれないかなと思うのは無理なお願いというものだろうか。

友人は、余命宣告をされてから間もなく、グループセラピーに何度か参加した。セラピーは癌クリニックで行われたが、グループは患者だけで、進行を務める専門のセラピストやその他の訓練を受けた人間はいなかった。わたしは驚かなかったけどね、と友人は言った。結局みんな同じことを言ってた。なにしろ、病気が共通の経験だから。みんな似たような反応をするはずでしょ。

ある人の話なんだけどね、と友人は言った。だいたい友人と同じ時期にグループに参加した女性。六十歳くらいで、生まれはブルガリア。高校時代からアメリカに住んでいたが、なまりがあった。両親がブルガリア人でアメリカ生まれの夫とは、結婚して四十年。いまは引退しているけれど、夫は建築検査官として働いてきた。女性は歯科助手。子どもは三人で、みんな成人している。最初は愛のある結婚だったと、女性はグループに語った。出会ったころの甘い思い出。結婚式。次々と生まれてくる子どもたちは全員健康で可愛くて、願いがぽんぽんぽんと叶えられるみたいだった。ひとり、ふたり、三人。

ところが、夫婦はかなり前から愛情がなくなっていたと女性は言った。結婚生活のほとんどの期間、ふたりはうまくいっていなかった。実際、と女性は告白する。我が家は戦場のようでしたから、子どもたちは、大きくなるといそいそと出ていきました。その後、夫婦の諍《いさか》いはすくなくなりましたが、互いの生活はしだいに離れていきました。別々の部屋で眠り、食事も別でとることが増えました。ほとんど口をきかないまま過ぎる日々。それでも、わたしたちは誓いを立ててしまったのですから。病めるときも、健《すこ》やかなるときもって。しかもふたりはカトリック。離婚はありえなかった。

結構、時間がかかったんです、と女性は言った。わたしがどれほど重篤《じゅうとく》かわかるまで。最初は、癌なんて言葉は出てきませんでした。わたしの症状は、おそらく潰瘍のせいだろうと言われたんです。じゃなければ胃酸の逆流。ただの肉離れかもしれませんって。真実はほとばしるようにやってきました。検査をするごとに、ひとつ前の検査よりさらに悪い結果が出るんです(グループのみんなが重々しくうなずく。これはみんなが通る道らしい)。夫の最初の反応は、だいたいがいら立ちでした、と女性は言った。妻はずっと心気症だったんです、と夫は医師に言ったという(まあ、そう言いたくなるのもわからないではないですけど、と妻は認めた)。自分だって胃酸の逆流があって辛いんですか。でもだからなんだっていうんですか。多少の痛みやしんどさは仕方ない。ふたりとも生まれたてのひよっこじゃないんですから。ところが、癌というはっきりとした診断がされると、夫が変わったんです、と女性はグループに語った。

最初はね、と女性は言う。頭のなかで想像してることなんじゃないかと思いました。子どもたちも、そうに決まってると言いました。それに、お母さんがいまどんな思いをしているかを考えれば、無理もない、と。ショック。不安。よく知られたケモブレインによる脳障害は言うまでもなく。

でも、わたしの想像なんかじゃなかったんです、と女性は言った。ショックのせいでも、不安のせいでも、ケモブレインのせいでもなかった。転移性膵臓癌《すいぞうがん》の予後について説明されると、夫の顔がぱっと明るくなったんです。

わたしのそばにいる夫が、にわかに上機嫌になったのです、と彼女は言う。いや、わたしが苦しんでいるのを見て楽しんでいるわけじゃないんですよ。怪物じゃないですから。最高の夫とは言えませんが、常にまともな人でした。それでも、自分の感情を隠せなかったんです、と女性は言う。わたしには。同じ病棟にいる患者さんのお見舞いに来る人たちを見かけました。その人たちの顔にも、わたしの子どもたちの顔にも、わたしのほかの家族や友人の顔にも、同じように悲しみと不安があるのがわかりました。でも、そんな表情が夫に現れることはなかった。涙もなかった。あるとき、わたしは眠っていると夫が思っているあいだ、実はこっそり夫を見ていたことがあったんです、と女性は話す。夫は窓際の椅子に座っていました。脚を組み、片方の足を揺らしながら。窓の外をじっと見ていました。空を見上げる夫の顔には、満たされた男の表情が浮かんでいました。いまの状況にすっかり満足している男。それから夫は両脚を伸ばし、首の後ろで両手を組んでのけぞったんです。今度は天井を見ています。しばらくして、と女性は言う。夫は深いため息をついてからにっこりと微笑みました。

友人の話では、女性は夫に、離れていてと、もう病院に来ないでと言いたかったのだそうだ。わたしは騙されていないと言いたかったらしい。誰よりあの人を知っているのだから。四十年もいっしょにいて、あの人の気持ちがわからないわけがないでしょう？　あの人の考えが本に書いてあることのように読めないわけがないでしょう？　と女性は言った。あの人が〝自由だ！〟と歌っているのが聞こえないわけがないでしょう？

でも、そうは言えなかった。夫と向き合う勇気がなかった、と女性はグループのみんなに話したのだと友人は言った。実は、女性は夫を気の毒に思っていたのだ。夫のことがあまりにも恥ずかしくて、と女性は言った。かわいそうになっちゃったんです。気持ちを隠そうともしてくれなかった夫が憎かったけれど、実際は、隠せなかったんだと思ったんです。夫が、自分でも自分の気持ちに気づいていないのかもしれないとも思いました。そういう気持ちを自分で否定していて（そういうところが、本当にあの人らしい、と女性は言った）、きっと怒りだすだろうと思ったんです。もし、わたしが——

そこで女性はいったん言葉を切って、心を鎮めた。

いっしょに過ごした年月を考えると、と女性は話を続ける。わたしたちの結婚が結局なんとも不幸なものになってしまったこと、振り返っても、幸せだった瞬間なんてほとんど見つからないことを考えれば、理解できると言わざるをえません。たぶん、立場が逆だったら、わたしも同じ気持ちになったと思います、と女性は言う。たぶん、不幸な結婚から抜け出せない多くの人は、相手が死んだらほっとするんだと思います。たぶん、どうしてもそんな気持ちになってしまうし——たぶん、その気持ちを隠すことができないんです。もちろん、そうなってしまうのは恐ろしいことですけどね、と女性は言ってから、自らに問いかける。でも、それって罪なのかしら？　よく考えてみると、と女性は言う。わたしはなにを言いたいのかってことになるでしょう？　夫がもっといい役者であるべきだったってこと？　もっと嘘がうまくなくちゃいけなかったってこと？

わたしには夫が必要なんです、と女性は続ける。わたしは病気で、なにもできずに何日も寝ているだけです。子どもたちの負担にはなりたくありません、と女性は言う。それぞれ仕事も家族もたくさんの悩みも抱えているんです。わたしには世話をしてくる人が必要で、夫はよくやってくれます。けっして楽な仕事なんかじゃないけれど、文句も言わずにやってくれます。

それに、お話ししたように、夫はいまやいつも機嫌がいいんです、と女性はグループに語る。いつも楽しそうに、わたしのためにあれやこれやしてくれます。小さくハミングしていることもあれば、口笛を吹いていることもあります。そしてそうしながら、夫はわたしがどんな思いをしているのかなんて、わたしが本当のことを知っているかもしれないなんて、まったく想像もしていないんです。夫は想像もしていないんです、と女性は繰り返す。わたしが知ってることを。わたしが知ってることを。

友人の話によれば、女性は妙に堅苦しい感じで一本調子に話していたのだそうだ。視線を落とし、まるで目には見えない台本でも読んでいて、絶対に受かりそうにない役のオーディションを受けているみたいだった、と。でも、みんな、あの人の話を固唾《かたず》をのんで聴いていた、と友人は言った。ピンが落ちる音も聞こえたと思う。それに、もちろん、みんなその話に仰天してた。女性が話を終えると、ほかの人たちがしゃべりだした。全員じゃないけど、と友人が言う。わたしみたいに、なにも言わなかった人もいた（白状すると、この哀れな女性にどんな言葉をかければいいのか、わたしにはまるでわからなかった）。でも、しゃべった人たちは、みんな同じ意見だった。あなたは誤解しているんですよ。子どもたちの意見が正しいはず。だって、自分の父親のことなんだから。あなたはまったく間違っているんだから、子どもたちの話に耳を傾けるべきです、というのがその人たちの意見だった。夫の行動について違う説明をする人たちもいた。間違いありません、旦那さんは、そういうふうにしか、この現実を受け入れられなかったんですよ、とその人たちは言った。よくあるじゃありませんか。無理して明るい顔をする。なんとかいつも通りにふるまい、陽気にふるまい、涙を隠す。なぜかって？　患者がすこしでも楽になると思うからです。そして自分自身も前向きになれると思うからです。それが理由。あなたの旦那さんがしているのは、そういうことです、とグループの人たちは女性に説明した。悪意なんてないんです。それにほら、旦那さんがかいがいしく世話をしてくれるってご自分でも言ったじゃありませんか。いつもそばにいてくれて、できるかぎりのことをしてくれるって。それが、まごうことなき愛の証じゃなければ、いったいなんだって——

女性はこうした人たちと議論はしなかったと友人は教えてくれた。実際、そういう意見に返答はせず、ただときどきうなずいてみせるだけだった。視線はやはり下に向けたまま、歪んだ笑みのようなものが、顔に貼りついたまま。わかっていたのだ。

あの女性は、難しいことをやってのけたよね、と友人はわたしに言った。真実を見つめ、ひるまなかった。誰も話せないようなことを話した。具体的に誰の話なのかを伝えた。それなのに、ほかの人たちは、寄ってたかってそんなの思い違いだとなだめた。あの人たちは正直じゃなかった。その女性に対してもだし、自分自身に対しても。あの人たちは、真実を受け入れられなかったから、笑ってごまかそうとするしかなかった。

あの部屋でそんな感じのことが起こったのは、それが初めてじゃなかった、と友人は言った。いつも同じ虚ろな助言。ポジティブシンキングの力とか、奇跡は起こる、諦めないで、癌に負けないでとかの、似たような決まり文句。こういうのを聞いて、人間が現実を受け入れるのがどれほど難しいことなのかってことを思い出した、と友人はわたしに言った。なかったことにしたり、すべてを感傷的に仕立ててあげたりするような力技を使うしかなくなってしまう。

これを聞いてわたしが思い出したのは、娘が愛情を示さなくても、愛はあるんだと言い張る人たち（″子どもはみんなお母さんが大好き″ってみんな知ってるじゃない）に、よく友人がいらついていたことだ。

グループセラピーを受けて、友人はサポートされているというのとは真逆の感情を抱いたのだと言う。この人たちとは相容《あいい》れないと思ったのだ。その女性が話をしたセラピーのあと、もううんざりだと思ったと友人は言った。その後、グループセラピーには行かなかった。

あとになって、その女性が亡くなったと聞いたとき、また怒りがわき上がるのを感じた、と友人は言った。あの人の気持ちがあんな形で否定されたのは、ひどく間違ったことに思えた。彼女にとって本当に救いになるような、あるいは慰めになるような言葉をひとつでもかけられた人がいなかったことも。情けなくてむかむかする、というのが、その女性のことを考えるたびに感じることだと友人は言った。それに、ずっと考えているんだけど、と友人は言う。亡くなる前に、誰かあの人のことをちゃんと見たのかなって。あの人を見たのかなって。

これはわたしが聞いたなかでいちばん悲しい物語だ。

この女性に関しては、わたし自身も考えていることがある。亡くなる前に、彼女が心変わりをして、夫と向き合うようなことはなかったのだろうか？

あなたの人生の意味はなんだと思いますか？

「家族」

「愛」

「正しいことをすること」

「よい人であること」

「いつも前向きで、夢を追いかけること」

人生の意味とは、それが終わるものということです。もちろん、そんな答えを思いつくのは作家でしょうけど。もちろん、その作家はカフカでしょうけど。

そうじゃなくて、自分自身の言葉で、とソーシャルワーカーが言う。

わたしの言葉ですよ。カフカの意見に賛成なんです。

でも質問は、あなたの人生の意味はなんですか、ですよ。

終わることです。と友人は言う。カフカが言うように。（乾いた笑いが少々）

妻とわたしは長いあいだ生きてきました、と家主がわたしに言った。それにいいですか、悲劇だって知らないわけじゃありません。子どものひとりを、幼いころに髄膜《ずいまく》脳炎で亡くしました。この年になると、友だちや親戚をたくさん見送っています。わたしたち自身も、何度か重い病を経験しました。家が水浸しになるなんて、この世で起こる最悪の事件なんかじゃありませんよ。これが今年最悪の事件なら、自分は幸運だと思いますね。それが家を人に貸すリスクというものです。それに、もちろん、だからこそ保険に入っているわけですよ。あと、二階の浴室じゃなくて幸いでした。そっちだったら、もっとひどいことになっていたでしょうから。
わたしたちは電話で話していた。切る前に、ふと思いついて、居間の絵について訊いてみた
（こっちを見てるよ――ほら！　家を引き払う準備をしているとき、友人はそう言って肖像画の

彼女を指さした)。不動産オークションで買ったのだと家主は教えてくれた。妻もわたしもかなり気に入ったんですよ、と家主は言った。最初は失敗したと思いました。居間で目立ちすぎてましたから。そのうち、話の種になるとわかったんです。でも妻は――いえいえ、違いますよ。昔もいまも、妻はちっとも似てません、と家主は言って、すこし笑った。

あれ、あなたですか？　水浸しの状況を視察に来た人が、肖像画を見てわたしに訊いた。

Ⅱ

もし、日記をつけていたら、わたしたちが話すのをやめたのはいつだったのか、正確に教えてあげられただろう。そのころには、ふたりで友人のアパートメントに落ち着いていた。あの家のあとだと、アパートメントは小さく感じられたけれど、ここでもやはり、わたしには自分専用の部屋があった。わたしは荷ほどきをして新しい住まいの環境を整えた。ここでもやはり、いつまで続くのかわからないままに。それから、同じルーティンを繰り返した。食料品の買い出しをし、必要な用事を済ます。友人はアパートメントを出る際に、もうもどってくることはないと思って、毎週来ていたハウスクリーナーを解雇していたから、その仕事もわたしに回ってきた。わたしはそれに打ち込んでいたけれど、友人がどうしてもやめてくれと言うのでやめた。掃除機の音、消毒液のにおい、こういう日常的な小さな刺激が、友人には耐えられなかったのだ。友人の皮膚はとても敏感になっていて、シルクでもこすってもひりひりするらしい。

ところが、友人の寝室の窓にハトの糞がひっかけられているのに気づくと、すぐに掃除してほしいと言ってきた。それが終わったあと、わたしが家じゅうの窓を掃除するべきだということでふたりの意見が一致した。友人は窓用洗剤のアンモニア臭に辟易《へきえき》したけれど。

家に帰ってこられてよかった、と友人は言った。出かけたのは間違いであり、誤った考えに陥ったせいで、自分はその報いを受けたのだと思いこんでいた。

こうして帰ってきたのだから、もうアパートメントを出るつもりはないと言う。気分のいい日でも、出たがらなかった。道を隔てた向かいの公園にさえ。その公園はずっと友人のお気に入りの場所だったし、真夏のいま、青々と葉を茂らす木の下の木陰は天国だったのに。友人は平衡感覚が乱れてきていて、転ぶのを怖がっていた。ほかにも理由がある。旅の次の——最後の——ステージに到達した友人は、内向的になっていたのだ。

なにか用事を済ませて帰ってきたわたしは、なかに入る前に数分、公園で時間をつぶすことがあった。

たいていは、ベンチに座るなり、泣いた。

ジーザス・ユー・ノー、こんなはずじゃなかったのに。いまとなってみれば、こうなると決まっていたんだとわかるけど。でも、愛はいつでも、そんなふうに感じられるものだ。どれほど予想外でも、どれほど起こりそうにないと思っていたとしても、落ちてしまえば運命だと思うのだ。

偶然の一致。わたしが読んでいる新しい本のなかで、ある人が、人が死ぬのを見る経験を、恋に落ちるときの強烈さになぞらえる。そして、どこかの言語には、このことを表す言葉があると知っても驚かない。たとえば、ボド族の人たちが話す言語には、その特別な愛を表す「オンスラ」という単語がある。

それがどんなものになるのか、知りたい。こういうことぜんぶ（こういうことぜんぶとはつまり、容赦のないこと、言い表すことのできないこと、のことだ）が遠い記憶になったら。力強い経験が、最終的に夢のように思えてしまうのが、いつもいやだった。頭のなかの過去の映像が、超現実的な色合いに変わってしまうことが多いという話だ。実際に起こったことの多くが、起こっていないように思えてしまうのはどうしてなんだろう？　人生はただの夢。考えて。これ以上残酷な考え方がほかにある？

記憶。自分たちのなかでまだ生き生きとしている過去の出来事について表現する別の単語が必要だとグレアム・グリーンは考えた。

同意。

それからカフカにも同意。と同時にカミュにも。生という言葉の文字通りの意味は、あなたが自分を殺さないためにしている努力すべてのことだ。

わたしを殺さないものは、わたしを強くする。クリストファー・ヒッチンズは死を前にして、このニーチェの言葉が、なぜ自分にこんなにも深く刺さっているのだろうかと自問する。それは自分の経験に沿うものではないのは明らかで、ニーチェの経験にも沿っていない。これについて新たに考えるようになったのは、癌になってからだとヒッチンズは言う。

どうしたってあの古い落書きも思い出してしまう。「神は死んだ――ニーチェ、ニーチェは死んだ――神」（パリの地下鉄で見られた落書き）。のちに、反無神論者たちは、「ニーチェ」と「ヒッチンズ」を入れ替える誘惑に抗《あらが》えなかった。

最近の死亡記事。I・M・ペイ。アニエス・ヴァルダ。リッキー・ジェイ。ビビ・アンデショーン。ドリス・デイ。

死亡した日付順ではない（この順番に読んだときのリズムが気に入った）。

知っている人の名前を見つけたくて、死亡記事を几帳面《きちょうめん》に読んでしまうと白状する人たちの話を聞いたことがある。死亡記事を読むことは、多くの孤独な人々にとっては慰めになるのだという。おそらく、その人たちが好んで読んでいるのは、死についてではなく、亡くなった人がきっとこんなふうに生きたのだろうという、人生の丁寧な要約だ。こういう層が伝記を熱心に読んでいるのだろうか？　たぶん、違う。〝自分の死亡記事を書いてみましょう〟。ライフコーチや人材開発のカウンセラーがよく使う課題。わたしにはまったく響いたことがないけれど。

物語作者は死からその権威を借り受けたのだ、と書いたのはヴァルター・ベンヤミン。彼特有の権威的な書きぶりで。さらに、「生の意味」は、小説がそれをめぐって動く中心となるものである（ベンヤミン「物語作者」より）とも書いている。

バート・スター。キャロル・チャニング。W・S・マーウィン。ミシェル・ルグラン。

ルグランは、偶然にも『シェルブールの雨傘』の楽曲を作曲した人だ。
こうした人々の多くが長生きをして、ほとんどが、人間の平均寿命である七十九歳をゆうに超えた。友人はまったく若くはないが、それでも、こういう人たちの娘といってもおかしくないほどには若い。

ジョン・ポール・スティーブンス。トニ・モリスン。ポール・テイラー。ハル・プリンス。

「世界一賢い犬」チェイサー。「世界一賢いチンパンジー」サラ。

グランピー・キャット！（SNS上で人気を博した飼い猫。二〇一九年没）

この種の最後の一匹。二〇一九年元旦、ハワイにある大学の繁殖用施設で、十四歳のハワイマイマイ、ジョージが死んだ。これにより、この種は絶滅した。

いきなり話すのをやめたというわけではない。そんな感じじゃない。あの家から退去せざるを得ない原因となった例の災難の前から、友人の咳や息切れを誘うような会話はしなくなっていた。互いに話すことがなくなったわけではなくて、話す必要性が日に日にすくなくなっていったのだ。まなざし、身振り、触れること、それで——ときには、それさえなくても——すべてを理解できた。
友人は、己の旅路を進むほどに、気が散らされるのをいやがった。
読み聞かせは望まなくなった。自分ではいくらか読書ができるようになったけれど。わたしたちがいないあいだに荷物が届いていた。本のゲラだ。著者は友人の知り合い、というか元学生で、宣伝用の推薦文を書いてほしいらしい。

最期の善行だね、と友人は言う。いいじゃない。

それが、友人の読む最期の本になるだろう（宣伝効果的には、その推薦文が、友人の書いた最期の文章だと言いたいし、その可能性は高そうに思えるけれど、それが正しいという確証はない）。

最期にいっしょに楽しく笑ったことは忘れないようにしよう。

わたしたちは、たくさんの荷物を車に載せて、あの家から走り去っていた。何キロか黙ったまま進んだあと、だしぬけに友人が、小さな、みじめな声で言ったのだ。頑張ったのに、計画も立てたのに。

聞き間違い？　それはふたりで観た映画のひとつに出てきた台詞だ。スクリューボール・コメディ（一九三〇年代から四〇年代に盛んに作られたコメディ映画のジャンル）で、プレイボーイが、遺産相続人である女性に言い寄り、まずは結婚して金持ちになったあとで、彼女を始末しようと考えている。〝ちくしょう、ちくしょう、ちくしょう〟。すべてがうまくいかなくなると、その悪い男は激昂《げきこう》する。〝頑張ったのに、計画も立てたのに、なにひとつ思い通りにいきやしない！〟。わたしたちはこのシーンで笑いに笑ったのだった。そしていま、友人は明らかに悲しがっているというのに、この状況下だと、とてつもなく突拍子なく聞こえて、わたしは我慢できずに笑ってしまった。友人は、はじめは驚いていたが、そのうちいっしょになって笑った。

笑いがおさまり、また数キロほど車を走らせてから、わたしは、今回は薬を忘れてきてないでしょうねと言った。これがまた、誘い水になった。「ルーシーとエセルの安楽死」。わたしが体を揺らすほど笑ったせいで、車が道からすこしはみ出してしまうくらいだった。

ううん、誰にも来てほしくない、と友人は言った。お別れは済ませたから。

ううん、最後に娘と連絡を取りたいとも思わない。

娘と折り合いがつかないことに、自分のなかで折り合いがついてる、と友人が言う。

あるとき、わたしは道を隔てた向かいの公園に座って、友人のアパートメントの建物全体を前面から眺めていた。どれが友人の窓だろうか？　階を数える。あそこにいる！　六階の窓、寝室の窓の前に立った友人が、外を見ている。あそこからなら、公園がよく見えるはずだ。でも、わたしを見ただろうか？　わたしにわかったのは、友人は下の通りではなく、遠くを見ているということだけだ。手を振ろうかと思ったが遅かった。友人は行ってしまった（それでも、よくあることだが、想像したことが記憶になる。わたしは、あの寝室の窓からわたしに向かって手を振る友人を思い出すだろう。繰り返し、繰り返し）。でも、この一瞬見えた友人の姿で、わたしは別の女性を思い出した。何年も前に、すこしの期間だけつきあいのあった人だ。

それは大学を出て大学院に入るあいだの時期で、当時のわたしは多種多様なアルバイトで得た報酬でなんとかやりくりしていた。そして、その人は、自分の書いている本のための調べものをさせるためにわたしを雇っていた。その人も公園の見えるアパートメントに住んでいた。もっと大きくて豪華なアパートメントで、公園ももっとずっと広い。セントラルパークだ。その人はわたしより二十も年上で、書いているのは歴史ある裕福な家出身の、あるアメリカ人女性の伝記だった。その女性は一九六〇年代にモデルと女優として名を馳《は》せたが、精神疾患が自滅的な不幸を呼び、ついには早すぎる死を迎える。

その本だけでも、どう見てもかなり苦労していたのに、その人はほかの企画もいくつか抱えていた。その人の指示で、わたしは何人かの著作権代理人に電話をかけ、彼らが請け負っている作家の本を頂けないだろうかと頼んだ（なんのために必要だったのかは、よく憶《おぼ》えていないが、たぶん、映画の原作になるものを探していたんじゃないかと思う）。代理人たちはみんな、その人のことを知ってはいるようだったが、重要人物だとは思っていないらしく、こっちも忙しいんだから、そんなことで電話をかけてくるのは迷惑だと言う人もひとりではなかった。なかでもひどく侮辱的なこと、「お嬢ちゃんたち、なにか別のお遊びを見つけなさい」みたいなことを言われたと報告すると、その人はひどい侮辱を受けたというよりは、面白いことを聞いたという顔をした。

パーティへの招待の電話をかけるために、名前と電話番号が記載されたリストを渡されたこともある。リストにあった名前は、ほとんどわたしの知っているものだった。誰もが知っているような名前もいくつかあった。

その仕事は好きではなかった。現実的な仕事に思えなかったからだ。実際、ただのお遊びに思えることもよくあった。その人が、書いている本を仕上げられる気もしなかった。しかも、時給が安かった。

ある朝、その人がうちに電話をかけてきて、その日のうちに、とある保存図書館に行き、とある本を貸してもらってほしいと言った。頼まれたのは、タイプ打ちの原稿を製本した年代物で、持ち出しが禁じられている本。それを読んで、その人が書いている本の主題となる人物の祖先の生活のとある詳細が書かれた部分を抜粋してきてほしいというのだ。前もって電話をかけて、自分が到着するまでに本を出しておいてもらえるようにしたほうがいいと言われた。ところが、わたしは電話をしなかった。そんなことをする必要が本当にあるとは思えなかったからだ。そして、本が出てくるまで一時間以上も待たされたことに、とても驚いた。

その日のアルバイト料の請求を見たとき、その人は金額に疑問を抱いた。待たされた時間について説明すると、前もって電話をしておくように伝えたはずだと言われた。電話しておけば、待たされることはなかったのに、とその人は言った。それで話し合った。最終的に、その人は一時間多い時給を払うことを承諾してくれたし、その先も喜んでわたしを使ってくれたはずだ。でも、わたしはその後、その人の仕事はしたくないと思い、実際、二度としなかった。

これはすべて、四十年以上も前のことだ。そのあいだ、その人のことはほとんど考えなかったけれど、その人が本を書き終え、それが出版されたことには気づいていた。折に触れて、その人が主催する華やかなパーティの噂も耳にした。でも、わたしは日ごろから死亡記事を読むタイプではなかったので、その人の死亡記事が最初に掲載されたときには、読み逃してしまった。知ったのは、最近のことだ。彼女は、わたしが最後に会ってからしばらくして引っ越したペントハウスから、数年前に飛び降りたのだ。

わたしが読んだ死亡記事に掲載された写真は、どれも亡くなったときの彼女を写してはいなかった。つまり、年老いて――最初に会ったとのほぼ倍の年齢――鬱病の彼女ではない。だいたいが、わたしの頭に残っているイメージと合致した。黒いカーリーヘア、細い骨ばった顔に浮かぶ、歯をむきだしにした笑み。いつも興奮しているように聞こえるうわついた声で、大げさに話す傾向があった。誰も彼もが愛らしい。なにもかもが非凡。家の近所で出歩くときにいつも履いていた銀（もしかしたら、金だったかも）のバレエシューズ。酔っぱらいか子どものみたいなぎざぎざした筆跡。病気になることへの、誇大妄想的な恐怖（風邪をひいてるの？ わたしは自分の子どもが風邪をひいてても、近寄らないことにしてるの）。近しい友だちが、首にできたのが悪性の腫瘍だとわかったと、身震いしながら教えてくれた。こんなにちっちゃいしこりなのに、とその人は泣いた。そして自分の長くて細い首を慎重に触ってみるのだった。

優雅にもてなす主人。アルバイトの面接でわたしがその人に初めて会ったとき、メイドがトレイを持って部屋に入ってきた。白ワイン、クラッカー、パテ。パテは小さな粘土の植木鉢に入って出された。対するは不器用な客。つまむ指の力加減がわからずに、クラッカーが割れてしまったあと、わたしはほかのものはなにひとつ手を出せなくなった。

追悼記事をいくつか読んで、知らなかったことや、かつて知っていたけれど、すっかり忘れてしまったことを改めて知ることができた。いまもときどき思い出す。その人は学生時代、かのウィリアム・フォークナーとつきあったことがあったのだ。

ひとときの追憶。公園でベンチに座り、友人の窓を見上げているあいだのことだった。その窓は、かつてオーウェルが理想とした文章みたいにきれいに磨き上げられていた。

傍らにあるのは買い物袋。卵にパンにサーモンにケールにアイスクリーム。友人はどれも食べない。わたしはどれも食べる。満腹になって、食べられなくなるまで。そうなってもまだ食べる。

ほうきと長い柄のついた塵取《ちり》りを持った男性がやってくる。彼のことは知っている。近くに住むボランティアで、公園にゴミがないようにしてくれている。彼に幸あれ。

リスや鳥に餌を与えるために毎日やってくる女性にも幸あれ。

リスと鳥に幸あれ。

ところが、わたしの向かいにいる、あのカップルが。さっき座ったばかりの若いカップルが、議論をしている。噴水のごぼごぼぴちぴちのせいでよく聞こえないが、たぶん、フランス語で話しているんだと思う。ふたりは噴水のふちに座っている。若くて美しいふたり。怒っていても美しい。若者とはそういうものだけれど。なにを言っているのかはわからないが、なんとなくわかるのは、というか、いつだってそういうことはわかるものだが、ふたりが喧嘩をしているということだ。

お願い、喧嘩しないで。若者たちよ。ここを平穏な場所にしておいて。

今朝、わたしも喧嘩したの、とふたりに言ってもいい。いま、この瞬間、ふたりを遮ることもできる。公園でたまに会う、いかれたおばさんという感じで。ふたりの喧嘩に割って入って、わたし自身の喧嘩、今朝、電話で元恋人とした喧嘩について洗いざらい話して聞かせるのだ。喧嘩の原因は、とてもできそうにない、と元恋人に言ったから。嘘がつけるとは思えない、と言ったから。わたしたちは、また同じ話をしていたのだ。亡くなったときに、もしきみがそこにいたら、と元恋人は言う。きみが事情を聴かれるのは当然のことなんだ。わかってる、わかってる、とわたしは言う。なぜってもちろん、わたしはわかっていたから。この話を何度したと思う？　でも、想像できるんだもの。そのときが来たら、わたしにとって嘘をつくのがどれほど難しいか。すくなくとも、嘘だとわからないように嘘をつくのが。

わたしが言ったのはそれだけ。

すると元恋人は火がついたように怒りはじめたのだ。いかにもきみらしいね、と元恋人は言う。しかも、そう言われたのが何度目かわからない。きみはありえない、と彼は言った。いかにもきみらしいね。元恋人を困らせることは、わたしたちふたりのあいだでうまくいかなかったことすべては、いつもいかにもわたしらしいのだ。

元恋人を幸せにできなかったのは、いかにもわたしらしい。彼がわたしから離れていくようにさせたのは、いかにもわたしらしい。彼が誰かほかの人の腕のなかに安らぎを見いだすようにさせたのは、いかにもわたしらしい。まったく、マジでわたしらしい。

本当に、彼はそう言ったのだ。

実のところ、怒鳴っていた。

若いカップルがぎょっとして目くばせしているのを想像して。どうしてこの人、こんなことこちらに話してるわけ？

じゃなければ、優しいふたりを想像してみてもいい。ふたりは自分たちの喧嘩を忘れ、自分たちの抱える問題を脇に置いて、耳を傾けてくれる。***Quel est ton tourment?***（あなたの苦しみはなんですか？）

ふたり狂い《フォリアドゥ》というのが、友人とわたしに起こっていることだと元恋人は言った。

元恋人は、わたしたちからきれいさっぱり手を引くそうだ。

頭のいかれた女。いちばん恐れていることを話しなさい。いくつも袋を抱えて公園のベンチに座っている、頭のいかれた年老いた女。あるものには幸あれと願い、あるものには呪いの言葉を吐く。そんな女の物語。わたしの母がかろうじて逃れられた運命。もうそろそろ行かないと。アイスクリームが溶けている。魚がだめになる。でも、頭がくらくらしている。立ち上がったら、立ち眩《くら》みしてしまいそう。パニック発作。ここでなにが起こってる？

ほうきと塵取りを持った男性、リスと鳥に餌をやる女性。ふたりとも次の行動に進んでいる。

フランス人カップル（ああよかった。仲直りしたみたい。男は女の体に腕を回し、女は男の胸に頭をもたせかけている）も前進している。

なにが起こってる？　恐怖のあまり動悸が激しい。もうすぐ終わる。このおとぎ話が終わる。わたしの人生のなかでいちばん悲しい時間であり、いちばん幸せな時間でもあるこのときが、もうすぐ終わってしまう。そしてわたしはひとりきりになる。

死者を悼む者に幸あれ。

読者を小説に惹きつけるものは、いま読んでいる小説のなかの死が、みずからの凍えるような人生を温めてくれるかもしれないという希望だ、とベンヤミンは言った。

やるだけはやった。ひとつひとつ、言葉を連ねた。どの言葉も別の言葉であったかもしれないと知りながら。友人の人生が、ほかの誰かの人生と同じで、別の人生になったかもしれないのと同じで。

やるだけはやった。

愛と名誉と憐れみと誇りと思いやりと犠牲的精神——

失敗だったとしてもかまいやしない。

解説

久しぶりに会った友人の〝一生のお願い〟。それも、文字どおり、最期の時間をそばにいてほしいという願いに、どう応えるか――。

本書『ザ・ルーム・ネクスト・ドア』（原題 *What Are You Going Through*, Riverhead Books, September 8, 2020）は、死期が迫る友人との時間を通して、友情、愛、喪失の深い意味を探る小説だ。

本書を原作とする映画が、スペインの巨匠ペドロ・アルモドバルによって撮られ、二〇二四年、第八十一回ベネチア国際映画祭にて最高賞である金獅子賞に輝いた。日本では二〇二五年一月三十一日に公開される。

著者のシーグリッド・ヌーネスは、二〇一八年に全米図書賞を受賞した『友だち』で知られている。『友だち』と本作は対をなしており、前者が身近な人の死を体験した人の物語であるのに対し、後者は死期が迫る友人に寄り添う女性の物語である。

その時まで隣の部屋にいて――あらすじ

中年の女性作家である「わたし」は、友人を見舞うため、アメリカのとある大学町へ向かった。友人とは若い頃にひとつ屋根の下で暮らしていたが、長らく会っていなかった。再会を喜びながらも、緊張していた。率直で皮肉っぽい口調は彼女そのままだったが、大きく変わって見えた。友人は癌を患い、余命が限られていたのだ。

ある日、友人は思いがけない告白をする。安楽死のための薬を持っていると明かし、「わたし」の助けを借りたいという。「死ぬのを助けてほしいって言ってるんじゃないの（…）隣の部屋に誰かがいてくれるって思っていたいの」。時期はまだ決めていないと言うが、その言葉に揺らぎはなかった。「わたし」は迷う。願いに応えること、応えないこと――友人の助けになるのは、どちらの選択なのだろうか。

友人と過ごす時間の合間に、さまざまな人々と「わたし」との会話も描かれる。元恋人や隣人親子、人生ですれ違う人々、そして宿泊先のホスト、そこで飼われる保護猫までもが登場する。よく話すのは彼らのほうだ。友人がこれまでの人生を語るように、彼らも自分の話を聞いてほしいと強く願っていた。とくに印象的なのは、「わたし」の元恋人による講演だろう。彼は気候変動による世界の終末を予告し、「もう終わりなのです」と語る。彼の話は、やがて来る終わりを予感させ、友人の死を見つめる物語の背景となる。

「あなたはどんな思いをしているの？」が紡ぐ物語

本作のテーマは重い。しかし、ユーモアと深い共感もある。たとえば、友人が「わたし」に頼むときのやりとりだ。著者ヌーネスはインタビューでこう語る。「友人にはどこか不遜なユーモアが感じられます。『お得意の冒険心はどこ行った？』と軽口をたたく場面や、『できるだけ楽しい時間にするね』と約束する場面です」（全米公共ラジオ放送《NPR》）

なにより、語り手である「わたし」自身が軽やかなユーモアの持ち主だ。独白のようであり、会話のようでもある文章は、時に脱線しながら、独特な距離感で進んでいく。静かな声で大切なことを語りかけられるような体験——それが本書の魅力だ。

本書の原題 *What Are You Going Through*（あなたはどんな思いをしているの？）は、フランスの哲学者シモーヌ・ヴェイユによる「神への愛のために学業を善用することについての省察」という文章の英訳から引用している。この「go through」という表現は、登場人物たちが自らの体験を語るときや、他者の人生に思いをはせるときにくり返し使われている。

ヴェイユの言葉が示すように、本書のテーマは、他者への共感を育むことにある。語り手は、人生ですれ違う人々、ときには保護猫の話を聞くなかで、彼女たちの苦しみや存在そのものを深く理解しようと努める。人々の話に耳を傾け、丁寧に受け止める。「正しい」「間違い」という判断を下すのではなく、多様な視点を浮かび上がらせていく。

暗闇の中にある美しさとユーモア

本書では、避けがたい個人の死と、人類全体の危機が予告される。この悲観的で切迫した現実は作品全体に影を落としている。しかし、作品は決して暗闇に沈むわけではない。それはきっと、最も暗い時代にもユーモアを大切にする著者だからだろう。ヌーネスは語る。「人間の経験の多くは悲しみに満ちています。人生にはたくさんの喪失があり、長く生きるほど、失うものは増えていきます。人も、夢も。でも、誰かに読んでもらうために書く以上、そこには必ず、ある種の美しさや楽しさが必要です。とても悲しいことを書いていても、それを読んで楽しめるものにし、さらには心を前向きにさせることもできるのです」（NPR）

老いや死、孤独や苦悩という避けられない現実。その不安をどう和らげるのか？ ゆっくりとした死をどう見届けるのか？ 本書はその直接的な答えを提出しているわけではない。しかし、これらの難題と向き合うヒントを示している。「あなたはどんな思いをしているの？」という問いかけを通じて、他者の声や人生に注意を払い、人生の深みを探り、困難を乗り越えるきっかけにすること。その姿勢は、言語や文化の違いを超えて、日本の読者にも響くだろう。

哲学的な洞察と共感に満ちた本作は、完成度の高さと独自性から、多くの批評家や読者から絶賛され、数々の有力メディアのベストブックリストに名を連ねた。また、先述のアルモドバル監督による映画化によって国際的に注目を集めている。

著者について

シーグリッド・ヌーネスは、一九五一年ニューヨーク生まれ。ドイツ人の母親と、中国系パナマ人の父親をもつ。バーナード大学、コロンビア大学を卒業後、ニューヨーク・レビュー・オブ・ブックス誌の編集アシスタントを務め、一九九五年に、最初の小説『神の息に吹かれる羽根』を発表。これまでにホワイティング賞、ローマ賞などを受賞し、称賛を得てきたが、名声を確固たるものとしたのは、七作目の小説『友だち』（二〇一八年）だ。本作は全米図書賞を受賞し、二〇二四年にニューヨーク・タイムズ紙の選ぶ「二十一世紀のベスト100」の一つに選出されている。同年にデヴィッド・シーゲルとスコット・マクギー監督によって映画化された。

ヌーネスは、執筆とともにコロンビア大学やプリンストン大学で教鞭を執っている。その作品は三十以上の言語に翻訳されている。ニューヨーク市在住。

最後に、執筆と読書に関する著者自身の言葉を紹介しよう。「わたしが作家になったのは、コミュニティを求めていたわけではなく、一人でひっそりと、自分の部屋でできることだと思ったからでした。本を書くことで、奇跡が可能になると発見したのは幸運でした――世界から離れつつ、同時に、世界の一部であり続けることができるのです。わたしが書くのは、他の人間とつながりを作ることについてです。確かに、それは孤独のなかで行うことです。でも、書いている限り、読者を思い浮かべている限り、独りぼっちではないのです。読書にも同じことが言えます」

著作リスト

- *A Feather on the Breath of God* (HarperCollins, 1995)（『神の息に吹かれる羽根』杉浦悦子訳、二〇〇八年、水声社）
- *Naked Sleeper* (HarperCollins, 1996)
- *Mitz: The Marmoset of Bloomsbury* (Harper Flamingo, 1998)（『ミッツ　ヴァージニア・ウルフのマーモセット』杉浦悦子訳、二〇〇八年、水声社）
- *For Rouenna* (Farrar, Straus and Giroux, 2001)
- *The Last of Her Kind* (Farrar, Straus and Giroux, 2006)
- *Salvation City* (Riverhead Books, 2010)
- *Sempre Susan: A Memoir of Susan Sontag* (Atlas Books, 2011)
- *The Friend* (Riverhead Books, 2018)（『友だち』村松潔訳、二〇二〇年、新潮社）
- *What Are You Going Through* (Riverhead Books, 2020)（本書）
- *The Vulnerables* (Riverhead Books, 2023)

二〇二五年一月

（早川書房編集部）

参考文献

本書の翻訳・解説執筆に際しては、以下の文献を参照・引用しつつ、文脈に合わせて独自に訳出した。

シモーヌ・ヴェイユ『神を待ちのぞむ　須賀敦子の本棚　第八巻』今村純子訳、河出書房新社、二〇二〇年

田辺保「シモーヌ・ヴェイユと聖杯伝説」『人文研究：大阪市立大学大学院文学研究科紀要』第四十三巻二号、一九九一年

デイヴィッド・フォスター・ウォレス『フェデラーの一瞬』阿部重夫訳、河出書房新社、二〇二〇年

インゲボルク・バッハマン『ジムルターン』大羅志保子訳、鳥影社、二〇〇四年

亀井俊介・川本皓嗣編『アメリカ名詩選』岩波書店、一九九三年

ジュール・ルナール『ジュール・ルナール全集　第十五巻』柏木隆雄・住谷裕文編、臨川書店、一九九八年

ウィリアム・フォークナー『フォークナー全集　第二十七巻』大橋健三郎ほか訳、冨山房、一九九五年

ジェイムズ・ジョイス『ユリシーズ　第一巻』丸谷才一・永川玲二・高松雄一訳、集英社、二〇

〇三年
『聖書　聖書協会共同訳』日本聖書協会、二〇一八年
ヴァルター・ベンヤミン『ベンヤミン・コレクション　第二巻　エッセイの思想』浅井健二郎編
訳、ちくま学芸文庫、一九九六年

訳者略歴　翻訳家　訳書『川が流れるように』シェリー・リード（早川書房刊），『エドワードへの手紙』アン・ナポリターノ，『モダンラブ　さまざまな愛のかたち』ダニエル・ジョーンズ編，『くさい！』クライヴ・ギフォード，『空の上には、何があるの？』シャーロット・ギランほか多数

ザ・ルーム・ネクスト・ドア

2025年1月20日　初版印刷
2025年1月25日　初版発行

著者　シーグリッド・ヌーネス

訳者　桑原洋子《くわはらようこ》

発行者　早川　浩

発行所　株式会社早川書房
東京都千代田区神田多町2－2
電話　03－3252－3111
振替　00160－3－47799
https://www.hayakawa-online.co.jp

印刷所　三松堂株式会社
製本所　三松堂株式会社

Printed and bound in Japan

ISBN978-4-15-210410-6　C0097

乱丁・落丁本は小社制作部宛お送り下さい。
送料小社負担にてお取りかえいたします。